KB268677

漢字·漢文 指導書

한문 공부 길잡이

漢字・漢文 指導書

한문 공부 길잡이

원주용 지음

이담 Books

머리말

漢字는 대략 세계인구의 30%정도가 쓰고 있으며 앞으로 漢字에 대한 세계적 관심은 더욱 높아질 것이다. 또한 동남아시아에 있는 국가들은 우리와 인접해 있으면서 과거에도 많은 문화교류가 있어 왔으며, 세계화와 개방화에 따라 앞으로 더욱 활발한 교류가 이루어질 것이다. 이때 그들과의 원활한 문화교류를 위해서 한자의 습득은 필수 불가결한 것이다.

漢文은 우리나라를 비롯하여 동남아시아 전반의 역사와 문화 전통을 이해하고 탐구하고자 하는 사람들에게는 꼭 필요한 수단이다. 특히 조선후기까지 저술된 古典 文獻의 대부분이 한문이라는 표기 체계를 바탕으로 하고 있는 우리나라의 경우, 한문의 교육적 가치와 의의는 더욱 클 수밖에 없는 것이다.

이렇게 漢字에 대한 기초적인 지식의 학습을 통해서 얻어지는 漢字 능력은 국어 어휘의 많은 부분을 차지하는 漢字語를 바르게 이해함으로써 언어생활을 원활하게 하는 데 도움을 줄 뿐만 아니라 漢文으로 이루어진 각종 한문 자료 및 이와 관련된 학문과 문화의 제 분야를 이해하는 데 기본적인 도구의 역할을 할 것이다.

이 책은 漢字·漢字語·漢文을 학습하거나 지도하기 위해 반드시 알아두어야 할 사항만을 간략히 제시하기 위해 작성된 것이다. 이 책의 구성은 먼저 가장 기본인 漢字와 漢字語에 대한 起源과 형성과정 등을 설명하였고, 이어서 단어의 갈래를 파악하기 위해 品詞를 제시하고 있다. 그리고 한문 문장을 이해하기 위해 짜임이나 句形의 종류, 漢詩나 散文 등에 관해 언급하였고, 실제 한문 문장을 例示하여 지금까지 학습한 내용을 종합적으로 확인하는 과정을 마련해 두었다. 끝으로 부록에서는 실생활에 알아두면 편리한 내용들을 몇 가지 항목으로 나누어 제시하였다.

이 책의 내용은 '교육인적자원부 고시 제2007 - 79호 한문과목 교육과정 해설'을 많이 참조하였으며, 또한 이상진 선생님께서 제공해주신 자료에 도움을 많이 받았다. 자료를 제공해 주신 이상진 선생님께 감사드린다.

끝으로 이 책이 나올 수 있게 학문적으로 도와주신 선생님이 많기에 마음속에 깊은 감사의 마음을 새겨두고자 하며, 많은 격려와 배려를 아끼지 않으신 陽垣主婦學校 李善宰 교장선생님께 깊은 감사를 드린다. 그리고 두 딸 혜원이와 다원이, 아내 김은경 씨에게 고마운 마음을 전하고 싶다.

모쪼록 이 책이 漢字·漢文의 學習과 指導에 관심 있는 분들에게 작게나마 보탬이 되었으면 한다.

2009년 7월 龜山 기슭에서
元周用 謹書

목 차

漢字·漢文 學習의 필요성

한글이 창제되기 이전에 우리의 선조들은 주로 漢字·漢文으로 문자 생활을 영위하였다. 또한 한글이 창제된 이후에도 오랫동안 漢文은 우리 민족의 삶과 역사를 표현하고 기록하는 데에 중요한 역할을 하였다. 전근대 시대의 문자 생활에서 漢文이 차지하는 이러한 특수한 사정은 우리나라뿐만 아니라 중국, 일본, 베트남 등 한자문화권의 여러 나라에 공통되는 것이기도 하다. 漢文은 口語로서의 언어 구사 능력을 중시하는 현대의 중국어, 일본어, 영어 등 여타의 외국어와 달리 한자문화권의 여러 나라에서 공통적으로 사용되었던 古典 文言文으로서 일종의 국제적 표기 수단의 하나였던 것이다. 따라서 우리 민족이 수천 년 동안 사용해 온 漢字·漢文을 남의 나라 글자나 글로 보는 것은 온당하지 않다. 문자는 어느 한 나라가 독점할 수 없는 인류 공동의 문화 자산이다. 가령, 한글 또한 누구나 가져다가 자기 나라의 글자나 글로 사용하여 그것이 전통이 된다면 곧 그 나라의 글자나 글이 될 수 있다. 더욱이 漢字의 音을 중국어의 音과 달리 우리식 音으로 읽거나, 漢文에 우리말의 어법을 적용하여 吐를 달아 읽는 것 등은 漢字·漢文이 우리말화 했음을 증명하는 것이다.

세계인구 65억(2005년 12월 기준) 가운데, 13억의 中國을 비롯하여 동남아시아에서 漢字를 쓰고 있는 인구가 약 20억으로 推算되고 있으며, 동남아시아의 세계진출에 따라 앞으로 漢字에 대한 세계적 관심은 더욱 높아질 것이다. 또한 동남아시아에 있는 이들 국가들은 우리와 인접해 있으면서 과거에도 많은 문화교류가 있어 왔으며, 세계화와 개방화에 따라 앞으로 더욱 활발한 교류가 이루어질 것이다. 이때 그들과의 원활한 문화교류를 위해서 漢字의 습득은 필수 불가결한 것이다. 이러한 한자 학습의 필요성에 발맞추어, 근래 서울 강남교육청은 교육청 특색사업으로 2008년 10월부터 강남지역 초등학교에서 학교별로 아침 자습이나 국어과목 시간을 활용하여 한자를 익히거나, 방과후 과제로 제시해 공부하게 만드는 등의 방법으로 한자교육을 실시하며, 한자교육 관련 내용을 학교생활기록부에 기록할 예정이라 발표하였다. 어렸을 때의 한자교육은 조직적이고 분석적인 사고력을 키워준다. 실제로 한자를 배운 어린이는 그렇지 않은 어린이에 비해 학업성적이 우수하고 심성이 일찍 발달하며, 품행이 바르다는 연구결과가 발표되기도 하였다.

漢文은 우리나라를 비롯하여 동남아시아 전반의 역사와 문화 전통을 이해하고 탐구하고자 하는 사람들에게는 꼭 필요한 수단이다. 특히 조선후기까지 저술된 古典 文獻의 대부분이 한문이라는 표기체계를 바탕으로 하고 있는 우리나라의 경우, 한문의 교육적 가치와 의의는 더욱 클 수밖에 없는 것이다. 더욱이 한문은 단지 선인들이 그들의 思惟를 기록하는 수단이었을 뿐만 아니라, 나아가 그들의 思惟 형식을 규정하는 틀이기도 했다. 그러므로 선인들의 사상과 감정, 가치관과 문화 의식을 담고 있는 한문 자료의 학습은 전통적 가치관과 문화를 이해하여 최소한의 人文的 교양을 기르는 데에 도움을 주기도 하는 것이다. 곧, 한문은 한문 자료에 담긴 선인들의 삶과 지혜, 사상과 감정을 이해함으로써, 오늘날 동양과 서양 및 과거와 현재의 다양한 가치관들이 혼재하여 가치관의 혼란을 겪기 쉬운 청소년들에게 우리의 전통문화에 기초한 가치관을 돌아보게 해 주어 바람직한 人性을 기르도록 하며, 나아가 우리의 전통문화를 바르게 계승하여 전통문화를 새로운 창조의 원동력으로 삼도록 하는 데 큰 기여를 하고 있는 것이다.

이렇게 漢字에 대한 기초적인 지식의 학습을 통해서 얻어지는 한자 능력은 국어 어휘의 많은 부분을 차지하는 漢字語를 바르게 이해함으로써 언어생활을 원활하게 하는 데 도움을 줄 뿐만 아니라 漢文으로 이루어진 각종 한문 자료 및 이와 관련된 학문과 문화의 제 분야를 이해하는 데 기본적인 도구의 역할을 할 것이다.

漢字와 漢字語

1) 漢字·漢字語·漢文

　본격적인 논의에 앞서 漢字와 漢字語, 漢文에 대한 개념을 먼저 규정할 필요가 있다. 漢字는 漢語를 기록하기 위해 만들어진 문자로, 6천년 가량의 역사를 지닌다. 본래는 글자 '字'만으로 표기하다가, 근세 이후 중국의 글자란 뜻으로 '漢'을 붙여 '漢字'라 부르게 되었다. 漢은 중국 역사상 가장 영광스러웠던 왕조여서 중국 전체를 가리키며, 漢字는 漢나라 때에 이르러서 지금 사용하고 있는 글자와 거의 같은 문자로 발달했기 때문에 붙여진 명칭이다.

　흔히 漢文하면 漢字나 漢字語와 같은 뜻을 지닌 용어처럼 여겨 이들과 구별 없이 혼용하는 경우가 많다. 물론 漢文에서 '文'이란 文章만이 아니라 文字의 의미까지 포함하고 있다는 점에서 이와 같은 혼용을 틀렸다고 볼 수는 없다. 즉 漢文이란 고대 중국으로부터 기원한 독특한 형태의 글자를 의미할 수도 있고, 그것을 기반으로 해서 만들어진 낱말이나 문장을 의미할 수도 있다.

하지만 이러한 혼용은 자칫 글자와 낱말(單語), 문장 간의 기본적인 차이를 간과하게 만듦으로써 고전 文語로서의 한문의 특수한 역사적 성격을 인식할 수 없게 하거나, 나아가 한문 교육의 목적과 의의를 誤導하게 하기도 한다. 예컨대 아직도 해소되지 않은 채 간혹 재연되곤 하는 한글전용론·국한혼용론 등을 둘러싼 논쟁은 엄밀히 말하면 漢字語 표기와 관련된 문제로, 古典 文語로서의 漢文과는 직접적인 관련이 없다. 그러므로 이와 같은 논의의 錯綜을 막기 위해서는 글자로서의 漢字, 낱말으로서의 漢字語, 문장으로서의 漢文을 각기 구분해서 사용하는 편이 바람직할 것 같다.

2) 漢字의 起源과 傳來

漢族은 그 민족의 역사가 오래인 만큼 그들의 문자생활도 매우 일찍부터 열려 있었다. 한자가 처음부터 지금과 같은 모양의 문자를 가지고 있었던 것은 아니고, 지금의 모양으로 발달하기까지는 오랜 시일과 점진적인 몇 단계의 변천을 거친 것으로 알려져 있다.

漢字의 起源은 創制說·自然發生說·圖形符號說 등이 있으나, 일반적으로 창제설에 힘을 싣고 있다. 창제 주체자에 대해서도 伏犧說·복희의 신하인 朱襄說·倉頡說 등이 있으나, 창힐설이 가장 널리 전승되고 있다. 전설에 의하면, 지금으로부터 4700년 전 황제의 史官인 창힐이 黃河 가에서 새발자국을 보고 처음으로 한자를 만들었다고 하며, 복희씨가 처음으로 八卦를 만들고 書契를 지어 그 전에 사용해 오던 結繩(매듭을 엮어서 표현하던 것)의 방법을 대신했다고도 한다. 그리하여 일반 사람들은 대개 한자를 만든 사람은 황제의 사관 창힐이라고 믿고 있다.

또 다른 설은 문자는 그림에서 기원하였다는 것이다. 인류는 문자를 소유하지 못한 태고시절에 노동성과를 기록하고 또한 그 경험을 교류하기 위하여 늘 형상적인 그림으로써 구체적 사물을 기록하였다. 후에 사람들은 이런 그림을 간소화하거나 합병시키는 방법으로 고대의 그림문자를 창조해내었다. 이것이 바로 漢字의 前身이었다. 그림문자는 문자 그대로 그 실물과 아주 비슷하였는데, 사회가 발전되고 교제가 빈번해지며 복잡해짐에 따라 사용의 편리를 위해서는 부득이 실물을 대표하는 사물의 특징적인 부분만 남기는 것으로써 記號性을 강화하지 않으면 안 되었으며, 또 언어 가운데 구체적인 단어와 결부시켜 일정한 讀音을 가지게 되었다. 이것이 바로 중국 고대의 象形文字이다. 상형문자은 한자의 기초로서 한자의 表意性을 규명하여 주는 가장 중요한 요소가 되었다.

이렇게 한자의 기원설이 다양하나(한자의 제작에 우리 민족의 조상이 간여하였다는 설도 있다), 한자와 같은 表意文字는 表音文字와는 달리 그 글자 수가 너무 많아서 어느 특정한 시대에 한두 사람에 의해 단시일 내에 만들어 낼 수는 없었을 것이고, 긴 세월을 거치는 동안 수많은 사람들의 손을 통해 한자가 發明·變遷·使用되었다고 하는 것이 일반적인 견해이다.

그러면 이렇게 제작된 漢字가 언제 우리나라에 전래되었을까? 자료가 남아있지 않아 정확한 연대를 밝히기는 어렵지만, 漢四郡(B.C 108)보다 훨씬 이전 소위 韓氏朝鮮(B.C 194) 때라 보는 것이 일반적이며, 한자가 대대적으로 東方에 전래되어 널리 보급되고 보편화되어 깊이 침투한 것은 漢四郡 이후이다. 이때는 중국의 政治人·文人·官員·商人들이 많이 왕래하였으므로, 자연스럽게 한자 생활을 영위하게 된 것이다. 이후 國學敎育의 창설로 보다 강력한 세력을 갖고 사용·보급되었다.

3) 漢字의 特徵

(1) 漢字의 3요소

　漢字는 하나의 글자가 모양[形]·소리[音]·뜻[義]의 세 요소를 동시에 갖추고 있는 문자로, 이것을 한자의 3요소라 한다. '形'이란 글자마다의 고유한 형태를 말하고, '音'은 글자가 지니고 있는 고유한 소리를 말하며, '義'란 각 글자가 갖는 뜻을 말한다. 漢字는 하나의 글자가 단지 어떤 音의 단위만을 나타내는 表音文字와 달리, 하나의 글자가 어떤 뜻의 단위를 나타낼 뿐만 아니라 그 뜻에 해당하는 소리까지도 아울러 나타내는 表意文字이다. 따라서 한자를 학습할 때에는 해당 글자의 모양과 소리와 뜻을 동시에 익혀야 한다.

형	兎	天	無
음	토	천	무
의	토끼	하늘	없다

(2) 多音多義

  漢字는 원칙적으로 하나의 글자가 하나의 音을 가진다. 그러나 인류의 문화가 날로 발달하고 사회가 복잡해짐에 따라 이미 있는 한자를 응용하는 다양한 방법이 개발되어 하나의 한자가 여러 가지 音과 뜻을 가지는 경우가 적지 않게 생겨났다. 이처럼 여러 가지 음과 뜻을 가진 한자를 학습할 때에는 그 음과 뜻을 관계 지어 잘 익혀야 한다.

<table>
<tr><td rowspan="3">보기</td></tr>
</table>

龜	구	나라이름
	귀	거 북
	균	터지다

說	설	말 씀
	열	기쁘다
	세	달래다

  漢字는 한 자가 1字 1音이 원칙이긴 하나, 문맥에 따라서 한자의 음과 뜻이 바뀌며, 뜻은 같더라도 한자의 결합관계에 따라서 음이 바뀌어, 1字 2音 또는 1字 3音이 되기도 한다. 따라서 뜻에 따라 바뀐 한자의 음을 바르게 읽어야 한다. 또한 한자는 같은 한자를 쓰는 漢字文化圈의 여러 나라에서 각기 다르게 발음하므로 우리나라에서 한자를 읽을 때에는 우리 한자음으로 읽어야 한다.

보기			
茶	(다) 차	茶道(다도)	
	(차) 차	茶禮(차례)	
塞	(새) 변방	塞翁之馬(새옹지마)	
	(색) 막다	拔本塞源(발본색원)	

4) 漢字의 形成 過程

漢字가 만들어진 방법은, 고대의 문자의 기원이 일반적으로 그러하듯 한자 역시 繪畫에서 시작된 것으로 본다. 殷墟(은나라 자취)에서 발견되는 甲骨文字 등이 한자의 원형이라고 하겠는데, 이 象形文字는 繪畫的인 특징을 가지고 있다. 즉 한자 字體의 변천은 '그림에서 기호'로 발전했다고 본다. 甲骨文 → 金文(銅器나 金石에 새긴 글자로 殷·周代의 것) → 古文(孔子의 담에서 나온 고문 상서 등에 썼던 글자) → 篆書 → 隸書 → 楷書 → 行書 → 草書로 변천되었다고 보는 것이 일반적인 견해이다.

오늘날 우리들이 사용하는 正字體가 '楷書'인데, 이 글자체는 漢나라 때에 와서 완성된다. 그러므로 漢字라는 말은 漢나라 때에 이르러서 지금 사용하고 있는 글자와 거의 같은 문자로 발달했기 때문에 붙여진 명칭이다.

① 甲骨文

甲骨에 새겨 놓은 글자를 '甲骨文'이라고 한다. 殷나라의 왕들은 점치기를 좋아하여 祭祀·征伐·사냥·농사 등의 일이 있으면

점을 쳐서 신의 뜻을 물어 보고, 점 친 글자를 거북의 배딱지[龜甲]나 짐승의 뼈[獸骨]에다 새겨 놓았다. 점의 결과를 기록하였으므로 '卜辭'라고도 하며, 상형의 특성이 강하고, 획과 부수는 고정되어 있지 않다. 은나라 때의 이런 갑골들은 1899년에 중국 河南省 安陽에서 서북쪽으로 5리쯤 떨어져 있는 小屯村에서 발견되었는데, 이 지역 일대가 은나라의 옛 도읍지였다. 1928년 이후 다시 몇 차례의 발굴 작업을 거쳐 찾아낸 갑골은 무려 10만 조각 이상이나 되는데, 그 중 대다수가 은나라 후기의 임금 盤庚이 도읍을 奄으로부터 殷으로 옮긴 이후에 만들어진 것이었으니, 대략 기원전 14세기 중엽에서 11세기 중엽에 해당한다. 현재까지 알려진 갑골문 글자의 수는 4,500여 자이며, 이 중 解讀된 것은 2,000여 자 정도이다.

② 金文

청동기로 만든 鐘이나 솥[鼎]과 같은 각종 祭器나 容器에 새겨 놓은 글자를 '金文'이라고 한다(일명 鐘鼎文이라고도 함). 현재 전해지는 가장 이른 시대의 금문은 은나라 중기의 것이다. 은나라 중기의 금문은 비록 그 수가 많지 않지만 殷墟의 갑골문보다도 이른 시기의 것이라는 점에서 의미가 크다. 이후 금문은 그 전성시대라고 할 西周 시기를 거쳐 春秋 戰國 시대에 이르기까지 널리 사용되었으니, 대략 기원전 15세기 무렵인 은나라 중기 때부터 기원전 3세기 무렵 秦나라가 중국을 통일시키기까지 1,200여 년 동안 사용된 셈이다. 현재까지 알려진 금문 글자의 수는 4,000여 자이며, 이 중 解讀된 것은 2,500여 자 정도이다. 자획이 굵다가 차츰 가늘게 되었으며, 기호적 특성이 커졌다.

③ 大篆

周나라 宣王 때 太史 주(籒)가 지었다고 하는 새로운 글자체로서 그가 지은 책은 전하지 않고 있으나 그 글자들이 『說文解字』에 전해지고 있다. 금문을 이어받은 글자체는 후에 小篆이 이루어지는 중요한 가교 역할이 된다. 춘추전국시대에는 금문과 대전이 사

| 大篆 |

용되면서도 또한 예서와 초서의 원시적인 형태도 아울러 사용된다.

④ 小篆

秦始皇이 천하를 통일한 후 丞相 李斯로 하여금 문자를 통일하도록 하니, 대전을 기초로 개량하여 만들어진 글자체가 小篆이다. 진시황은 모든 공문서를 이 글자체로 쓰도록 하고, 전국 각지에 소전체의 岩刻石을 세우게 함으로써 새로운 글자체의 보급에 힘썼다.

⑤ 隸書

예서는 楚에도 그 원시적인 형태가 보이긴 하나 秦에 이르러 민간사회에 보편화 되었고 漢에 와서는 중요한 글자체가 되었다. 필획을 줄이고 곡선·원을 곧은 선과 네모꼴로 만들었다.

⑥ 楷書

　漢나라에서 출현하여 이후 일반적이 글자체로 자리 잡는다. 魏나라의 종요(鍾繇)가 해서를 새로 다듬어 썼다고 하나 확실한 근거는 없다. 이후 남북조시대에 이르러 보편적으로 쓰여지기 시작하는데, 이 시기의 해서를 특별히 六朝楷라고 한다. 한나라 말기에 글자의 획을 곧게 고쳐서 네모 형태로 만든 글자체로, 眞書라고도 부른다.

⑦ 行書, 草書

　행서와 초서의 원시형태는 춘추전국시대에도 보이나, 晉나라 때에 와서 성행하게 된다. 왕희지(王羲之. 303∼361 또는 321∼379)와 王獻之 부자의 영향이 컸다. 초서는 예서의 속기체라 草隸라고 불렀으며, 행서는 해서와 초서의 중간 글자체이다. 해서체에 가까운 것을 行楷, 초서체에 가까운 것을 行草라고 부른다.

	甲骨文	金文	小篆	隸書	楷書	草書	行書
人					人		人
木				木	木		木
水				水	水		水
車				車	車		車
魚				魚	魚		魚

|漢字의 변천 과정|

┃草書의 기본 劃┃

5) 六 書

漢字의 기원이 象形文字라는 것은 널리 알려진 사실이다. 아주 오랜 고대에 인류는 단순한 언어만으로는 의사소통 및 문화 전수에 한계를 느끼게 되었고, 그런 절실한 필요에 의해 문자를 만들어 쓰기 시작하였다. 그런데 그 때의 문자는 눈에 보이는 사물의 모양을 본떠서 만든 상형문자가 전부였던 것이다. 예를 들면 '해'를 표현할 때는 해의 그림을 그려서 표현하였는데, 그런 그림이 점점 변하여 문자가 된 것이다.

그런데 人智가 발달하고 사회가 복잡해지면서 점차로 여러 가지 개념들을 표현할 필요가 생기게 되었고, 그에 따라 기존의 한자보다 훨씬 많은 수의 글자가 필요하게 되었다. 그래서 몇 가지 일정한 원리에 따라 한자를 만들어 쓰게 되었는데,『說文解字』의 저자인 許愼은 한자가 만들어진 원리를 한자 구성 요소의 결합에 따라 여섯 가지 종류로 나누었다. 이를 六書라고 한다. 즉 六書란 "한자를 만든 여섯 가지 원리"이다.

六書의 운용원리는 다음과 같이 구분된다.

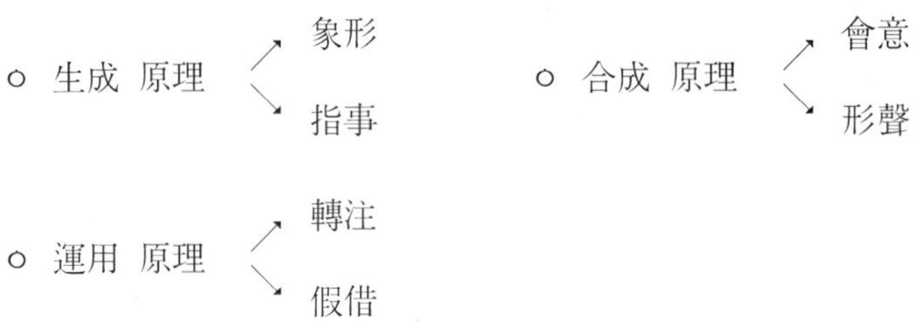

생성 원리에 의해 만들어진 象形과 指事는 한자의 가장 기본적이고 원초적인 형태이다. 대부분 사물의 모양을 본뜨거나, 기본적인 개념을 간단한 선이나 점으로 표현한 글자들이 이에 속한다.

합성 원리는 생성 원리에 의해 만들어진 한자들을 두 개 이상 합하여 새로 만든 글자를 말한다. 후에는 합성 원리에 의해 만들어진 한자들을 다시 결합하여 만들어 쓰게 되었는데, 전체 한자 가운데 대부분을 차지하는 한자들이 바로 이 합성 원리에 의해 만들어졌다.

운용 원리는 새로 한자를 만들지 않고, 기존의 한자를 이용하여 그 쓰임의 폭을 넓히거나, 뜻글자인 한자로는 표현하기 어려운 의성어·의태어·외래어 등을 표현하는 방법을 말한다.

六書를 각각 구체적으로 설명하면 다음과 같다.

① 象形

한자는 여러 가지 과정을 거쳐서 만들어졌다. 그 중 가장 기본적인 것은 사물의 모양(形)을 본뜨는 것(象)이다. 이렇게 눈에 보이는 사물의 구체적인 모양을 본떠서 만든 원리를 '象形'이라고 하고, 이렇게 만들어진 글자를 '象形字'라 한다. '禾'는 '벼[ ]'의 모양을 본떠서 만든 글자였는데, 글자의 모양이 바뀌어 오늘날에는 '禾'와 같은 글자로 된 것이다.

보기　禾(화):　　→　　→　　→ 禾[벼]

　　　　舟(주):　　→　　→　　→ 舟[배]

‘상형자’는 위의 보기처럼 시각적인 형태 자체에서 그 문자가 가리키는 사물을 쉽게 짐작할 수 있으며, 그 한자가 가리키는 뜻까지도 알 수 있다. ‘상형자’는 ‘지사자’와 더불어 한자의 짜임 중에서 가장 기본이 되는 문자이다. 그러므로 한자 학습의 초보 단계에 있는 학습자에게 한자 학습의 흥미를 돋우고, 학습 성과의 전이성을 높일 수 있다는 점에서 볼 때, 문자에 대한 지도는 ‘상형자’부터 시작하는 것이 좋다.

② 指事

위치나 동작, 마음속의 생각이나 뜻 등 보이지 않는 형이상학적 개념의 경우는 본뜰 대상이 없으므로 다른 원리로 만들어져야 한다. 이러한 글자들 중의 어떤 것들은 일정한 선과 점으로 그러한 뜻을 표시하여 글자를 만들었다. 이렇게 눈에 보이지 않는 추상적인 생각이나 뜻을 점이나 선으로 나타내는 원리를 ‘指事’라 하고, 이렇게 만들어진 글자를 ‘指事字’라고 한다. ‘本’은 ‘뿌리’이라는 뜻을 ‘나무’라는 뜻의 ‘木’에 아래쪽에 표를 붙여 ‘나무의 밑[뿌리]’을 나타낸 글자이다.

> 보기
>
> 上(상): ● → 上 → 上[위]
>
> 本(본): 米 → 米 → 本[뿌리]

‘지사자’는 위의 보기처럼 시각적인 형태 자체에서 그 문자가 가리키는 개념을 미루어 짐작할 수 있다.

상형과 지사에 해당하는 한자는 모든 한자의 기본이 되는 글자로서, 한자의 部首 글자는 거의 이에 속하기 때문에 ‘회의자’와

‘형성자’를 이루는 데 있어서 기본이 되는 글자로 쓰인다.

③ 會意

‘會意字’는 상형과 지사의 방법을 통해 이미 만들어진 두 개 이상의 글자들을 결합하여 새로운 글자를 만들되, 그 글자들이 지닌 뜻을 합쳐서 새로운 뜻을 나타내는 글자이다. ‘岳’은 이미 만들어 놓은 ‘丘’자와 ‘山’자를 결합하여 만든 새로운 뜻을 지닌 글자로, 산[山] 위에 큰 언덕[丘]이 더 있는 것으로 ‘큰 산’이라는 뜻을 지니게 되었다.

보기				
丘[언덕]	+	山[산]	→	岳[(악) 큰 산]
丿[(爪)손]에	+	糸[실](을 걸다)	→	系[(계) 묶다]
日[해]	+	月[달]	→	明[(명) 밝다]
亻[사람]	+	言[말]	→	信[(신) 믿다]

‘회의자’는 결합된 외형 형태에 있어 旣成의 문자가 상하, 좌우, 내외 등으로 결합되며, 글자들의 결합된 뜻으로 새로운 뜻을 나타낸다.

④ 形聲

‘形聲字’는 이미 만들어진 글자를 결합하여 새로운 뜻을 나타내되, 일부는 뜻[形]을 나타내고 일부는 음[聲]을 나타내는 글자이다. ‘紀’는 이미 만들어진 ‘糸’와 ‘己’가 결합하여 이루어진 것인데, ‘糸’는 ‘벼리’와 관련된 뜻을 지니고 있음을 나타내고, ‘己’는 ‘기’라는 음을 나타내어, 결국 ‘紀’는 ‘벼리’라는 뜻과 ‘기’라는 음을 지닌 새로운 글자가 된 것이다.

利[(리) 이롭다] + 木[(목) 나무] → 梨[(리) 배나무]
- 利 : '리'라는 음을 취함
- 木 : '배나무'라는 뜻을 취함

艹[(초) 풀] + 牙[(아) 어금니] → 芽[(아) 싹]
- 艹 : '풀'이라는 뜻을 취함
- 牙 : '아'라는 음을 취함

水[(수) 물] + 靑[(청) 푸르다] → 淸[(청) 맑다]
- 靑 : '청'이라는 음을 취함
- 水 : '물'이라는 뜻을 취함

日[(일) 해] + 靑[(청) 푸르다] → 晴[(청) 개다]
- 靑 : '청'이라는 음을 취함
- 日 : '해'라는 뜻을 취함

'형성'의 원리에 의하여 이루어진 한자의 짜임은 사물의 모양을 그대로 본뜬 '상형', 점이나 선으로 추상적인 뜻을 나타내 보인 '지사' 등의 방법과는 크게 다른 방법으로, 기존의 한자를 가지고 소리와 뜻을 나타낼 수 있는 한자를 자유롭게 만들어 낼 수 있기 때문에 언어생활에 필요한 만큼의 숫자에 해당하는 수많은 '형성자'가 만들어졌으며, 전체 한자의 70% 이상이 '형성자'에 속한다.

'형성자'는 形과 音의 짜임 학습을 통하여 한자 자체의 音을 짐작할 수 있고, 뜻도 유추할 수 있기 때문에 한자 학습의 흥미와 효과를 기대할 수 있는 문자인 것이다.

* *형성자에서 주의해야 할 점*
Ⅰ. 音부분이라고 해서 아무런 의미가 없는 것은 아니다. 梁啓超의 주장에 따르면 형성자의 약 9할은 音이 뜻을 겸하고 있다고 한다. 音을 나타내는 글자 역시 새로이 만들어지는 글자와 어떠한 관계가 있기 때문에 사용된 것이다.
예) ① 怒[(노) 성내다] → 奴(음)＋心(뜻): 음부분에 奴[(노) 노비]를 취한 것은 ·노비'는 주인에게 야단맞으면 주인의 면전에서는 순종하지만 안보는 곳에 가서는 화를 잘낸다는 것에서 따온 것이다.
　　② 沐[(목) 머리감다] → 水(뜻)＋木(음): 음에 木을 취한 것은 머리감을 때 '나무'를 태워서 만든 재에 물을 부어 받은 잿물로 머리를 감기 때문에 사용한 것이다.
Ⅱ. 원칙적으로 같은 음을 지닌 한자는 음이 같아야 하지만, 시간이 지나면서 음이 변한 것이 있다.
예) 工을 음으로 취한 한자들: 空, 紅, 江, 項
Ⅲ. 두 글자가 결합되면서 한 부분이 생략되어 글자의 기원을 파악하기 어려운 경우도 있다.
예) 義＝美(大 생략)＋我, 覺＝學(子 생략)＋見, 觀＝歡(欠 생략)＋見

⑤ 轉注

전주와 가차는 학설이 다양하여 정해진 학설이 없다. 일반적으로 轉注는 이미 만들어진 한자의 뜻을 더 늘린 방법으로, 어떤 글자의 본래 의미에서 그 뜻을 유추하여 다른 부차적인 의미로 轉用하는 방법으로 사용하고 있다. 예를 들어 '長'은 사람의 긴 머리카락을 본뜬 것에서 '길다'의 뜻인데, 머리카락이 길게 자라는 것에서 '자라다', 나이가 길어지는 것에서 '나이가 들다, 어른' 등의 뜻이 생겨났다. 이 때 본래 글자의 音이 변하지 않거나 음까지 변하는 경우가 있으므로 주의가 필요하다.

보기				
老	늙다	로:	老人(노인)
	익숙하다	로:	老鍊(노련)

	풍류	악:	音樂(음악)
樂	즐겁다	락:	娛樂(오락)
	좋아하다	요:	樂山樂水(요산요수)

⑥ 假借

본래 글자는 없이 소리만 존재하는 것을 소리가 같거나 비슷한 글자를 써서 그 소리에 대한 글자로 삼는 것으로, 뜻은 전혀 상관없이 소리에 의지해서(假) 글자를 빌려 적는다(借)는 뜻에서 '假借'라고 한다.

> **보기**
> ① 의성어 · 의태어
>   丁丁(정정): '쩡쩡' 나무 찍는 소리.[의성어]
>   堂堂(당당): 공명정대하고 당당한 모양.[의태어]
> ② 외래어 표기
>   印度(인도): 인디아,   羅馬(라마): 로마,   亞細亞(아세아): Asia

6) 筆 順

바른 '필획'은 한자를 바르고 맵시 있게 쓰는 데 편리하다. 따라서 바른 모양과 순서로 한자를 쓰도록 한다. 단, 한자를 바르게 쓰는 것은 중요하나, 한자의 필순 원칙에서 예외적인 경우도 있으며, 나라마다 필순이 다른 경우도 있으므로 학습자에게 글자를 쓰는 순서나 획수 지도를 지나치게 강조하지 않는다(붓을 한 번 대서 쓴 것을 劃이라 하고, 한자의 획의 수를 劃數라 한다. 예를 들면 日의 획수는 4획이다).

필순의 일반적인 원칙은 다음과 같다.

① 왼쪽에서 오른쪽으로 쓴다.

② 위에서 아래로 쓴다.

③ 가로획과 세로획이 교차될 때에는 가로획을 먼저 쓴다.

④ 삐침과 파임이 만날 때에는 삐침을 먼저 쓴다.

⑤ 좌우의 모양이 같을 때에는 가운데를 먼저 쓴다.

⑥ 안쪽과 바깥쪽이 있을 때에는 바깥쪽을 먼저 쓴다.

⑦ 꿰뚫는 획은 나중에 쓴다.

⑧ 오른쪽 위의 점은 나중에 찍는다.

⑨ 받침은 나중에 쓴다.

7) 部首와 字典찾기

部首란 자전에서 한자를 찾는 데 기본이 되는 기본 글자를 말한다. 부수는 본래 같은 부분이나 비슷한 부분을 가진 한자를 한 곳에 모아놓고 질서 있게 배열하기 위하여 채택한 기본자이므로, 대부분 그 한자의 뜻과 밀접한 관계가 있다. 형성자의 경우 대부분 뜻 부분이 부수이다. 회의자의 경우에는 뜻이 더 강한 쪽이 부수이다. 예를 들어 相[(상)서로]은 회의자인데, 부수는 木이 아니고 目이다. 이 글자가 눈으로 나무를 '서로 본다'는 데서 '서로' 혹은 '보다'의 뜻이 된 글자라는 점에서 目이 상대적으로 의미가 더 세다는 것을 알 수 있다. 흔히 부수는 글자 왼쪽이나 위쪽에 있는 것으로 알기 쉬운데 그렇지 않고 여러 방면에 포진되어 있다.

다음은 부수의 위치이다.

① 邊: 글자 왼쪽에 있는 것

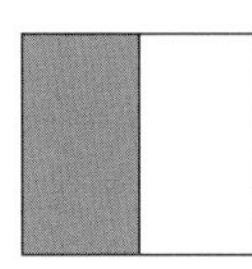

亻/人 사람인변, 사람 인	仁, 代, 供, 信, 俗
彳 두인변, 조금걸을 척	彼, 役, 後, 德, 往
冫/氷 이수변, 얼음 빙	冷, 凍, 涼, 冽, 淸
氵/水 삼수변, 물 수	漢, 江, 河, 海, 淸
忄/心 심방변, 마음 심	情, 性, 恨, 快, 怪
木 나무목변	林, 材, 松, 梅, 根
禾 벼화변	秋, 稅, 種, 私, 科
阝/阜 좌부변, 언덕 부	防, 限, 陸, 陽, 陰
礻/示 보일시변, 보일 시	社, 禮, 神, 祖, 福
衤/衣 옷의변, 옷 의	衫, 袖, 衵, 裡, 被
犭/犬 개사슴록변, 개 견	猛, 犯, 狂, 狗, 獨
言 말씀언변	說, 訪, 詩, 記, 語
糸 실사변	紅, 經, 細, 絶, 紡

② 傍: 부수가 글자의 오른쪽에 있는 것

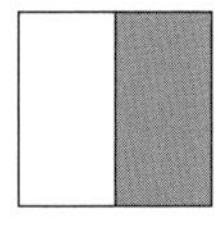

| 刂/刀 선칼도방, 칼 도 | 利, 別, 切, 列, 判 |
| 阝/邑 우부방, 고을 읍 | 邦, 郊, 部, 郡, 鄕 |

③ 머리: 부수가 글자의 위에 있는 것

ㅗ	돼지머리해, 머리부분 두	亦, 京, 亡, 亭, 交
冖	민갓머리, 덮을 멱	冠, 冥, 冪, 冢, 冤
宀	갓머리, 집 면	安, 家, 宮, 客, 守
艹	초두머리	花, 苦, 英, 萬, 落
雨	비 우	雲, 電, 霜, 雪, 雷

④ 발: 부수가 글자의 밑에 있는 것

皿	그릇 명	益, 盛, 盃
儿	어진사람인발	兄, 光, 先
灬 / 火	연화발, 불 화	無, 熱, 然

⑤ 엄: 부수가 위와 왼쪽을 덮고 있는 것

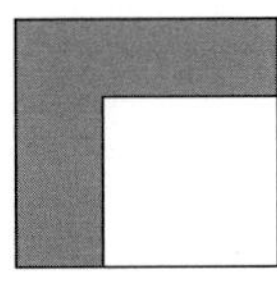

| 广 | 엄호 | 店, 序, 度, 廣, 庫 |
| 尸 | 주검시엄 | 尾, 尿, 尺, 局, 居 |

⑥ 몸: 글자를 에워싸고 있는 것

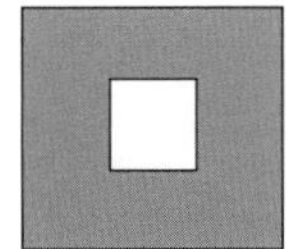

口   큰입구몸, 에울 위   四, 回, 固, 國, 圖
門   문 문   間, 閉, 開, 閑, 閣

⑦ 받침: 왼쪽과 밑을 싸고 있는 것

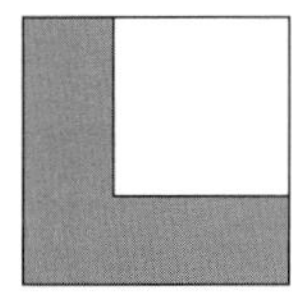

辶 / 辵   책받침, 쉬엄쉬엄갈 착   進, 通, 近
廴   민책받침, 길게걸을 인   建, 廷, 廻

⑧ 제부수: 한 글자가 그대로 부수인 것

木   谷   金   馬   鼻

* 부수 글자가 쓰이는 위치에 따라 모양이 변하는 것이 있으므
  로, 주의가 필요하다.

보기   人 → 亻   刀 → 刂   心 → 忄   手 → 扌   水 → 氵   犬 → 犭
       肉 → 月   艸 → 艹   火 → 灬   辵 → 辶

字典이란 한자의 부수 214자에 따라 분류한 한자를 획수의 차례로 배열하여 글자마다 우리말로 음과 뜻을 써 놓은 책으로, 이를 玉篇이라고도 한다. 字典에서 漢字를 찾는 방법은 크게 세 가지로 나뉜다.

(1) 部首索引法

① '부수색인'에서 찾고자 하는 한자의 부수를 찾아 그 밑에 적힌 쪽을 펼친다.
② 부수를 제외한 획수를 세어 찾고자 하는 한자의 음과 뜻을 확인한다.

(2) 字音索引法

① '자음색인'에서 찾고자 하는 한자의 음을 찾는다.
② 字音 아래 적힌 쪽을 펼친 후, 한자의 음과 뜻과 부수를 확인한다.

(3) 總劃索引法 : 종획은 부수와 획수를 합친 수이다.

① 한자의 부수도, 字音도 모를 때 찾는 방법이다.
② 한자의 총획수를 세어 '총획색인'에서 한자를 찾아서 확인한다.

8) 懸吐와 句讀

　한문으로 된 옛글들은 대부분 단어, 구절, 문장을 구분하지 않고 모두 붙여 쓰는 것이 일반적이었다. 그러나 글을 읽을 때는 문장과 문장 사이 및 문장 내의 구절과 구절들 사이를 적당하게 끊어서 읽었으니, 이것을 구두(句讀)라고 한다. 원래 ‘句’는 문장과 문장 사이 休止가 필요한 곳을 끊어 읽는 것이니, 곧 하나의 문장이 완결되는 자리를 끊어 읽는 것을 가리키는 말이다. ‘두(讀)’는 하나의 문장 내에서 구절과 구절들 사이에 停頓이 필요한 곳을 끊어 읽는 것을 가리키는 말이다. 오늘날 문장 부호 사용법을 이르는 句讀法이라는 용어는 여기서 유래한 것이다.

　한문의 끊어 읽기를 표시하는 방법에는 ‘圈點’, ‘띄어쓰기’, ‘口訣’, ‘懸吐’, ‘句讀法’ 등 여러 가지가 있으나 오늘날 우리나라에서 주로 사용되는 방법은 ‘懸吐’, ‘구결’과 ‘句讀法’이다.

　현토는 우리나라에서 전통적으로 한문을 읽을 때 사용했던 방법이다. 가령, 아래 보기 ①과 같은 문장이 있으면, 이것을 ②와 같이 읽었으니, 여기서 ‘～이’, ‘～면’, ‘～아’와 같이 문장의 구절과 구절 사이 및 문장이 완결되는 자리에 붙이는, 우리말로 된 조사나 어미를 吐라고 하고, 이처럼 토를 다는 것을 ‘懸吐’라고 한다. 토는 한문의 뜻을 어느 정도 풀어줄 뿐만 아니라 문법의 기능도 부분적으로 밝혀주는 역할을 한다. 이렇게 현토를 단 것을 懸吐文이라 하는데, 현토문은 한문과 우리말 풀이의 중간 단계에 해당한다고 할 수 있다. 본래 한문 문장을 유지하면서도 한문이 갖는 생경한 언어

적 단점을 어느 정도 보완해주는 것이 현토문이므로 한문 학습에 효과적일 수 있는 것이다. 현토하는 방법은 따로 존재하는 것이 아니며, 현토는 한문의 문맥이 파악되면 저절로 붙여진다. 따라서 문장 해석이 안 된다면 현토를 할 수 없으며, 한문에 능통한 사람은 굳이 현토할 필요가 없다.

그런데 토를 다는데 있어 보통 한글을 사용하지만, 한글이 없던 시기에는 특별한 수단을 썼다. 한자의 음과 뜻을 차용하는 吏讀式 표기가 그것이다. 특히 현토에 쓰이는 경우를 '口訣', 혹은 '입곁'이라고 한다. 구결의 예를 들어보자.

國之語音ﾍ 異乎中國ﾉﾁ 與文字又 不相流通ﾍﾑ.

○ ﾍ는 우리말 '이'를 쓴 것인데, '이 시(是)자'에서 뜻 부분인 '이'를 취하고 是자의 맨 마지막 획인 'ﾍ'를 빌려다 표기한 것이다.
○ ﾉﾁ는 우리말 '하야'를 쓴 것인데, '할 위(爲)자'에서 뜻 부분 '하'를 취하고 爲자의 초서체 윗부분 'ﾉ'를 빌려 오고, '어조사 야(也)자'의 음 부분인 '야'를 취하고 也에서 첫 획인 'ﾁ'를 빌려다 표기한 것이다.
○ 又는 우리말 '로'를 쓴 것인데, 奴에서 又부분을 따왔다(路에서 따왔다고도 함).
○ ﾍﾑ의 ﾑ는 우리말 '라'를 쓴 것인데, '羅'의 초서체에서 아랫부분을 따왔다.

이처럼 어떤 경우에는 한자의 '음'에서 취하고, 어떤 경우에는 '뜻'에서 취해다 쓴 발음부호라고 할 수 있다(자세한 사항은 아래 도표 참조).

구두법은 문장 부호를 사용하여 끊어 읽는 위치를 표시하는 현대적 방법이다. 중국에서는 1951년에 '標點符號用法'을 공포한 이래 중국어의 문장 부호 사용법에 대한 규정을 만들어 사용하고 있다. 우리나라에서는 '한글맞춤법'에서 문장 부호 사용에 대한 규정을 부록으로 제시하고 있으나 한문의 구두법에 대해서는 특별한 규정을 만들어 제시하고 있지 않다. 따라서 한문의 구두법은 국어에서 사용하는 문장 부호를 원용하되 한문의 특성에 맞게 적절하게 조정하여 사용해야 한다.

국어의 구두법은 띄어쓰기를 기본으로 하면서 문장의 의미를 정확하게 나타내는 데 필요한 부분에서만 제한적으로 문장 부호를 사용한다. 그러나 한문의 구두법은 띄어쓰기만을 따로 하지 않고 (단순히 띄어쓰기만을 한다면 아래 보기 ⑤와 같이 될 것이다) 끊어 읽어야 할 자리에 문장 부호를 표시하면서 아울러 띄어쓰기를 한다. 가령, 아래 보기 ①의 국어 번역은 ③과 같이 띄어쓰기를 기본으로 하고 문장 부호로 마침표의 일종인 물음표 하나만을 사용하고 있지만, 한문의 구두법 표기는 ④와 같이 문장이 끝났을 때 사용하는 물음표 이외에도 문장 내에서 구절과 구절 사이 끊어 읽기를 하는 자리마다 문장 부호로 쉼표를 사용하면서 아울러 띄어쓰기를 하는 것이다.

보기

① 有朋自遠方來不亦樂乎(원문)
② 有朋이 自遠方來면 不亦樂乎아(토를 단 경우)
③ 어떤 벗이 먼 곳으로부터 찾아오면 또한 즐겁지 아니한가?(풀이 한 경우)
④ 有朋, 自遠方來, 不亦樂乎?(구두를 단 경우)
⑤ 有朋 自遠方來 不亦樂乎(구두를 안단 경우)

1. 음을 따라 만든 것

	구결	음	한자	구결	음	한자	구결	음
隱	卩	은, 는, ㄴ	乙	乙	을, 를, ㄹ	厓	厂	에, 애
刀	刀	도	面	丁	면	屎	尸	히
牙	牙	아	也	亠	야	旀	尒	며
古	口	고	尼	匕	니	羅	厽	라
時	寸	시	多	夕	다	小	小	소
那	尹	나	代	弋	대	乎	ㆆ	호
源	尸	러	奴	又	노, 로	於	仒	어
里	日	리	舍	士, 舍	사	西	西	서
馬	馬	마	言	言	언	矣	厶	의
底	厂	저	五	五	오	丁	丁	정
巨	㠯	거, 커	申	申	신			

2. 훈을 따라 만든것

한자	구결	음	한자	구결	음	한자	구결	음
爲	ソ	하(할 위)	是	乀	이(이 시)	飛	飞	나(날 비)
等	朩	드(등급 등)	月	月	다(달 월)	加	力	더(더할 가)

3. 복합형

구결	음	구결	음	구결	음	구결	음	구결	음	구결	음
丶卩	인	朩卩	든	月乙	달	寸乙	실	士乀	새	乀吅	잇
日吅	릿	㠯乀	케	飞卩	난	令乀	에	五卩	온		

구결	ソ口	ソヒ	ソヒ厶	ソ一	ソ一尸	ソ一飞尸	ソ飞ヒ	ソ厶	ソヒ厶	ソ寸ヒ
독음	하고	하니	하니라	하야	하야는	하야난	하나니	하라	하니라	하시니
구결	乀尹	乀厶	乀厶刀	乀令ヒ	乀令乙	乀令ホ尸	乀尸ヒ	乀尸乀夕	乀叱可	乀日叱口
독음	이나	이라	이라도	이어니	이어늘	이어든	이러니	이러이다	잇가	이릿고
구결	又小乀夕	飞尸	日五	言丁	言马尸	巨乀夕	ソ寸乙士乀	ソ寸乙士乀	ソ舍	ソ士
독음	로소이다	난	리오	언정	언마는	케이다	이실새	하실새	하사	하사

구결	ソ糸	ソ寸丁	ソ寸尸大	ソ申大	ソ乙士乀	ソ又厶	ソ又ヒ	ソ小西	ソ力ヒ	乀ヒ
독음	하며	하시면	하사신대	하신대	할새	하노라	하노니	하소서	하더니	이니
구결	乀牙	フ弋	フ大	フヒ	フ日厶	乙又	又夕	又又	又大	又乀夕
독음	이아	호대	호대	호니	호리라	호이다	으로	로다	로대	로이다
구결	乀尸厂	印大	乀ヒ乀夕							
독음	인저	인대	이니이다							

|구결표|

9) 正字와 異體字

한자는 같은 楷書體라도 쓰는 사람에 따라 모양이 달라질 수 있는데, 이것은 字體가 다르다고 하지 않고 字形이 다르다고 한다. 획수나 필획이 일정하게 정해진 글자를 字體라고 하는데, 한자의 자체에는 正字(＝正體字)와 異體字가 있다. 正字는 한 시대에 널리 통용되는 글자체로 중국 청나라 聖祖 강희 55년에 간행한 『康熙字典(40,545자 수록)』의 자체를 기본으로 한 글자체를 말하고, 이체자는 일부에서만 통용되거나 획수나 필획이 잘못된 글자체를 말한다. 글씨 쓰는 습관과 필기구의 종류에 따라 俗字가 생겨나고, 획수를 줄인 略字나 半字도 사용되었는데, 이것들을 모두 이체자라 한다.

俗字는 본래의 글자인 正字에 대하여 일반적으로 통용하는 俗體의 문자이다. 속자는 한자가 전서-예서-해서로 발달하는 과정에서 자연적으로 형성된 것으로 보인다.

俗字의 특징을 보면,

① 획 수가 간략화 되면서 字意가 분명해 짐. 예) 體[(체) 몸] → 体, 效[(효) 본받다] → 効, 館[(관) 집] → 舘, 弔[(조) 위로하다] → 吊, 兔(토) 토끼] → 兎 *'토끼 토'는 속자가 정자처럼 쓰이고 있다.

② 획수가 늘어나면서 뜻이 구체화 됨. 예) 杯[(배) 술잔] → 盃, 倡[(창) 창녀] → 娼, 梁[(량) 다리] → 樑, 冢[(총) 무덤] → 塚 *'무덤 총'은 속자가 정자처럼 쓰이고 있다.

略字는 正字의 획 일부를 생략하여 쉽고 간략하게 한 글자를 말한다. 세속에서 간략히 줄인 글자라는 의미인데 속자의 하나로 보는 경우도 있다. 실제 속자와 약자의 구분이 모호한 것도 있다. 한편 약자는 이름 또는 지명과 같은 고유명사를 표기 할 때는 사용할 수 없고, 기타 정중함을 요구하는 문구에는 사용해서는 안 된다. 略字는 우리나라와 일본, 중국이 공통으로 쓰는 것도 있지만 서로 다르게 쓰는 것도 있다. 원래는 약자로 만들어진 것이지만 정자로 인정되어 사용되는 한자도 있다. 중국의 簡化字(간화의 원리는 부

수의 간략화, 會意방법의 응용, 形聲방법의 응용, 同音代替, 특정
부분만 남김, 초서체를 正字로 삼음, 일부분의 부호화)는 자주 쓰
는 한자들 중 복잡한 한자를 간화시키고 표준화하여 正字로 공포
한 것인데, 이 중 상당수는 예전부터 통용되던 약자이거나 해당 약
자를 기초로 정리한 것이다.

보기	正字 \ 종류	傳
	우리나라 약자	伝
	중국 간화자	传
	일본 약자	伝

爾 → 尒, 禮 → 礼, 經 → 経, 與 → 与, 萬 → 万, 個 → 个, 巖 →
岩, 雙 → 双

品 詞

  ‘品詞’는 낱말을 그 성질에 따라 몇 갈래로 나눈 것, 즉 어휘를 문법적 특성에 따라 분류하여 공통된 성질을 가진 것끼리 모아 놓은 단어들의 갈래를 말한다. 한문의 단어는 문장 안에서의 쓰임에 따라 품사가 바뀌고 의미가 달라지기도 한다. 예를 들어 衣는 명사로 ‘옷’도 되지만, ‘(옷을)입다’라는 동사로도 쓰인다. 따라서 한문의 품사는 단어가 원래 지니고 있는 의미뿐만 아니라 문장에서의 쓰임까지 고려하여 이해하여야 한다. 단, 품사를 학습할 때에는 문장의 풀이에 도움이 되는 범위 내에서 개략적으로 이해하게 하고, 문법 자체를 지나치게 강조하지 않도록 해야 한다.

  품사에는 단독으로 어휘적 의미를 가지는 實辭와 단지 문법적 의미만을 나타내고 단독으로는 어휘적 의미를 가지지 못하는 虛辭가 있다.

1) 實 辭

실제 뜻을 지니고 있는 實辭에 속하는 품사는 다음과 같다.

가) 名詞

사람이나 사물·개념의 이름을 나타내는 단어로, 명사는 문장에서 모든 성분이 된다.

> **보기** 鷄行竹葉成. [닭이 지나가니 댓잎이 그려지네.]
> 蔡壽夜抱無逸而臥. [채수가 밤중에 손자 무일을 안고 누워 있었다.]
> 出乎心 發乎口. [마음에서 우러나 입으로 나온다.]
> 登山採菜. [산에 올라 나물을 캔다.]

(가) 명사의 동사적 활용

한문의 문장에서는 품사는 자주 동사적으로 활용되기도 한다. 한자의 뜻이 확장되면서 명사가 때로 동사처럼 활용된다.

> **보기** ① 范增數目項王. [범증이 여러 차례 항왕에게 눈짓을 했다.] (명사 뒤에 명사가 빈어로 뒤따라 온 경우)
> ② 子謂公冶長可妻也. [공자께서 공야장에 대해 말씀하시길 '사위 삼을 만하다'고 하셨다.] (명사 앞에 가능을 나타내는 '可'의 조동사가 온 경우)
> ③ 勇士入其大門, 則無人門焉. [용사들이 그의 집 대문으로 들어가보니, 곧 그 곳에 문을 지키는 자들이 없었다.] (명사 뒤에 焉(＝於是)이 따라 온 경우)

①의 ‘目’은 명사인 ‘항왕’이라는 빈어 앞에서 놓여서 ‘눈’이라는 명사가 ‘눈짓하다’는 동사로 활용되었다. ②의 ‘妻’는 앞에 가능 조동사 ‘可’가 와서, ‘아내’란 명사가 ‘사위 삼다’는 동사로 활용되었다. ③의 ‘無人門焉’의 ‘門’은 뒤에 개빈 구조(介詞와 賓語로 이루어진 구조) 어휘의 역할을 하는 ‘焉’이 따라 와서, ‘문’이란 명사가 ‘문을 지키다’는 동사로 활용되었다.

(나) 명사의 부사적 활용

한문의 문장에서는 품사는 부사적으로 활용되기도 한다. 한자의 뜻이 확장되면서 명사가 때로 동사 앞에서 ‘부사어’로 활용되기도 한다.

> 보기
>
> ① 吾得兄事之. [나는 그를 형처럼 섬길 수 있다.]
> ② 庶民子來. [백성들이 자식처럼 왔다.]
> ③ 苟日新, 日日新, 又日新. [진실로 어느 날 새로워졌거든 날마다 새롭게 하고 또 날마다 새롭게 하라].

①의 ‘兄’은 ‘事’라는 동사 앞에서 부사어로 활용되어 ‘형처럼’이라고 쓰였으며, ②의 ‘子’는 ‘來’라는 동사 앞에서 부사어로 활용되어 ‘자식처럼’이라고 쓰였으며, ③의 ‘日’은 ‘新’이라는 동사 앞에서 부사어로 활용되어 ‘날마다’로 쓰였다.

나) 代名詞

사람이나 사물, 장소 및 상태나 동작 등을 대신하여 가리키는 뜻을 나타내는 단어이다. 대명사로는 인칭대명사·지시대명사·의문대명사로 나뉜다.

- 인칭대명사: 1인칭－吾・我・余・予・朕 등
  2인칭－汝・子・爾・若・乃 등
  3인칭－之・其・彼・夫 등
- 지시대명사: 是・此・彼 등
- 의문대명사: 誰・孰・何・胡 등

보기 吾爲子先行. [내가 그대를 위해서 앞서 가겠다.]
誰怨誰咎 [누구를 원망하고, 누구를 탓하리오?]
樂民之樂者, 民亦樂其樂. [백성의 즐거움을 즐기는 자는 백성
이 또한 그의 즐거움을 즐긴다.]
其人在是. [그 사람이 여기에 있다.]

* 대명사의 특수 용법

① 或

명확하게 가리키는 대상이 없이 사람이나 사물을 가리키되, 긍정
의 뜻을 담아 '어떤 것', '어떤 사람'의 뜻을 나타내는 대명사이다.

보기 或爲大人, 或爲小人. [어떤 사람은 대인이 되고, 어떤 사람은
소인이 된다.]
或得日, 或不得日. [어떤 것은 햇볕을 받고, 어떤 것은 햇볕을
받지 못하다.]

② 莫

명확하게 가리키는 대상이 없이 사람이나 사물을 가리키되, 부정
의 뜻을 담아 '어떤 것도 없음', '어떤 사람도 없음'의 뜻을 나타내
는 대명사이다.

보기 養心, 莫善於寡欲. [마음을 기르는 데에는 어떤 것도 욕심을

적게 가지는 것보다 더 좋은 것이 없다.]

다) 數詞

사물의 數量이나 차례를 나타내는 단어이다.

> 보기　四十而不惑. [마흔 살에 미혹되지 않았다.]
> 　　　宣祖, 德興君第三子也. [선조 임금은 덕흥군의 셋째 아드님이다.]

* 수사가 동사 앞에 쓰이면서 '부사'처럼 쓰이는 경우가 있다.

> 보기　一戰卽勝. [한번 싸우면 이긴다.]

* '一'은 생략되기도 하여 양사가 단독으로 명사 앞에 올 수 있다.

> 보기　斗酒不辭. [한 말 술도 사양하지 않는다.]

라) 動詞

사람이나 사물의 동작, 행위, 심리 활동, 소유, 존재 등을 나타내는 단어이다. 동사의 종류는 다음과 같다.

- 自動詞: 동작과 변화를 나타내되 사물을 대상으로 삼지 않는 동사 - 坐, 開, 飛 등
- 他動詞: 동작과 지각활동을 나타내며 사물을 대상으로 삼는 동사 - 敬, 愛, 讀 등
- 判斷動詞: 성질・판단・시비・有無・異同을 나타냄 - 有, 無, 是 등
- 使役動詞: 사물을 어떠어떠하게 만드는 동사
- 被動動詞: 사물이 어떠어떠하게 되는 동사
- 助動詞: 동사를 도와주는 동사

 坐於堂上. [당 위에 앉다.]

敬天愛人. [하늘을 공경하고 사람을 사랑하다.]

無恒産而有恒心者, 惟士爲能. [일정한 생업이 없으면서도 떳떳한 마음을 가지고 있는 것은 오직 선비만이 능할 수 있다.]

(가) 被動 用法

피동 용법은 문장 내용상 해당 동사가 '～을 당하다'는 뜻이 없지만, 문맥상 이러한 의미를 첨가해야 하는 용법이다.

 狡兎死, 走狗烹. [교활한 토끼가 죽으면, 사냥개는 삶아진다.]

'烹'은 '삶다'는 동사인데, 위 문장에서는 '삶다＋～을 당하다.' 즉 '삶아진다.'로 '죽임을 당한다'는 피동의 뜻을 가졌다.

(나) 被動 句文

被動을 나타내는 '被, 見'과 같은 助動詞가 동사 앞에 와서 피동의 구문을 만든다. '爲～ 所～'의 구문 및 '동사＋於(于, 乎)＋빈어'의 구문은 '～에게 ～을(를) 당하다'는 피동의 뜻을 갖게 한다.

 ① 被虜於百濟. [백제군사에게 사로잡혔다.] ('被'가 쓰인 경우)
② 善人見辱. [착한 사람이 봉변당하다.] ('見'이 쓰인 경우)
③ 新羅屢爲百濟所侵. [신라는 자주 백제에게 침략을 받았다.] ('爲～所… '의 구문이 쓰인 경우)
④ 故有備則制人, 無備則制於人. [그러므로 준비가 있으면 상대를 제압할 수 있고, 준비가 없으면 상대에게 제압을 당한다.] (동사＋於(于, 乎)＋빈어'의 구분이 쓰인 경우)

①은 동사 '虜' 앞에 조동사 '被'가 놓여서 '虜[(로)사로잡다]'로 하여금 '사로잡혔다'는 피동의 구문이 되었다. ②는 동사 '辱[(욕)

욕보이다]’ 앞에 조동사 ‘見’이 놓여서 ‘辱’으로 하여금 ‘봉변을 당하다’는 피동의 구문이 되었다. ③은 ‘爲～所～’의 구문을 사용하여 ‘～에게 ～을 당하다.’는 피동의 구문이 되었다. ④는 ‘동사＋於＋빈어’의 구문을 사용하여 ‘～에게 ～을 당한다.’는 피동의 구문이 되었다.

(다) 使動 用法

사동 용법은 동사가 빈어와 결합해서 ‘～을 하게 하다’는 뜻을 가지며, 이때 빈어 앞에 온 명사나 형용사 등은 모두 동사로 전성한다.

> 보기
>
> ① 舍相如廣成傳舍. [인상여로 하여금 광성 전사에 머물게 했다.]
> ② 縱江東父兄憐而王我, 我何面目見之. [설령 강동의 어른들이 나를 동정하여 나를 왕으로 삼아 준다고 하더라도 내가 무슨 면목으로 그들을 볼 수 있겠는가?]
> ③ 匠人斲而小之, 則王怒. [목수가 깎아서 그것을 작게 만든다면 왕께서는 화를 내실 겁니다.]

①의 ‘舍相如’의 ‘舍[(사)머물다]’는 빈어 ‘相如’와 결합해서 ‘(인상여)로 하여금 머물게 했다’는 뜻이 된다. ②의 ‘王我’의 ‘王’은 빈어 ‘我’와 결합해서 ‘(나)로 하여금 왕이 되게 하다’는 뜻이 된다. 이 때 王은 본디 명사였으나 동사로 전성하였다. ③의 ‘小之’의 ‘小’는 빈어인 대명사 ‘之’와 결합해서 ‘(그것으로) 하여금 작게 만들다.’ 즉, ‘(그것)을 작게 만들다’는 뜻이 된다. 이 때 ‘小’는 본디 형용사였으나 동사로 전성하였다.

(라) 使動 句文

사동을 나타내는 ‘使, 遣, 敎, 命, 令’과 같은 조동사가 동사 앞에 와서 使動의 구문을 만든다.

① 使人守之. [사람을 시켜서 그곳을 지키게 하였다.] ('使'가 쓰인 경우)
② 王遣庾信率步騎一萬拒之. [왕이 유신을 시켜 보병과 기병 1만명을 거느리고 가서 그것을 막게 하였다.] ('遣'이 쓰인 경우)

①의 조동사 '使'는 뒤에 오는 명사 '人'과 동사 '守'로 하여금 '~를 시켜서 하게 하다'의 뜻을 갖게 하였다. ②의 조동사 '遣'은 뒤에 오는 명사 '庾信'과 동사 '率' '拒'로 하여금 '~를 시켜서 하게 하다'의 뜻을 갖게 하였다.

(마) 동사의 명사적 활용

한문의 문장에서 동사는 자주 명사적으로 활용되기도 한다. 한자의 뜻이 확장되면서 동사가 명사처럼 활용된다.

志士仁人, 無求生以害仁, 有殺身以成仁. [뜻 있는 선비와 어진 사람은 삶을 탐하여 인을 해치지 아니하고 자신을 희생하여 인을 이룬다.] (동사의 명사적 활용)
'살다' → '삶'으로 동사가 명사가 되었다.

(바) 동사의 특수 용법: 助動詞

① 能, 可, 得, 足 : ~할 수 있다

可能을 나타내는 助動詞이다. 조동사는 일반적으로 동사 또는 動詞類 앞에 위치하여 그 동사 또는 동사류의 작용을 보조해 주는 특수한 동사이다. 조동사는 혼자 독립되어 쓰이지 못하고 반드시 다른 동사 위에 얹혀서 그 동사와 더불어 하나의 성분이 된다.

 能行大事乎? [큰일을 행할 수 있습니까?]
豈可是己而非人? [어찌 자기를 옳다고 하고 남을 그르다고 할
수 있겠는가?]
不得不讀之. [그것을 읽지 않을 수 없었다.]
我足捉猿. [나는 원숭이를 잡을 수 있다.]

② 欲, 願 : ﹏하고 싶다

원하고 바람을 나타내는 조동사이다.

樹欲靜而風不止. [나무는 고요하고자 하나 바람이 멈추지 않는다.]
願聞子之志. [그대의 뜻을 듣고 싶다.]

③ 當, 可 : ﹏해야 한다

當然을 나타내는 조동사로, 可는 가능과 당연의 뜻을 다 지니고 있다.

 汝當見金如石. [너는 마땅히 황금을 보기를 돌같이 하여야 한다.]
朋友者, 可互助. [벗은 서로 도와야 한다.]

④ 請, 幸, 謹, 辱, 敬, 恭

높임을 나타내는 조동사이다.

 大王亦幸赦臣. [대왕께서는 또한 저를 용서하시었습니다.]
謹諾. [알았습니다.]
太子辱在此. [태자께서 여기 오시었습니다.]

마) 形容詞

사람이나 사물의 성질 또는 상태를 나타내는 단어이다.

月<u>明</u>. [달이 밝다.]
天下之水, 莫<u>大</u>於海. [천하의 물은 바다보다 큰 것이 없다.]

(가) 형용사의 의동 용법

형용사 뒤에 명사나 대명사 등의 빈어가 올 때 '~라고 생각하다 / 여기다 / 삼다'는 뜻을 가지며, 그 형용사는 동사로 轉成하게 되는 용법이다.

① 國人<u>美</u>之. [나라 사람들이 그를 훌륭하게 여겼다.]
② 金蛙<u>異</u>之. [금와왕이 그것을 이상하게 여겼다.]

①의 '美'는 본디 '아름답다'란 뜻의 형용사이나, 뒤에 대명사 '之'가 빈어로 와서 '훌륭하게 여기다'는 뜻의 동사로 轉成하였다. ②의 '異'는 '이상하다'는 뜻의 형용사이나, 뒤에 대명사 '之'가 빈어로 와서 '이상하게 여기다'는 뜻의 동사로 轉成하였다.

(나) 형용사의 명사적 활용

한문의 문장에서 형용사는 자주 명사적으로 활용되기도 한다. 한자의 뜻이 확장되면서 형용사가 명사처럼 활용된다.

<u>勤</u>爲無價之寶. [부지런함은 가치를 따질 수 없는 보배이다.]
<u>愼</u>是護身之符. [신중함은 몸을 지키는 부적이다.]

'부지런하다 → 부지런함,' '삼가다 → 신중함'으로 형용사가 명사가 되었다.

바) 副詞

동사나 형용사 또는 다른 부사를 수식하여 정도 · 범위 · 시간 ·
부정 등을 나타내는 단어이다.

- 정도부사: 極, 最, 尤, 甚, 益 등
- 범위부사: 皆, 偏, 獨, 徒, 惟 등
- 시간부사: 方, 旣, 將, 今, 昔 등
- 부정부사: 不, 弗, 未, 莫, 勿 등

> 보기
> 水益深. [물이 더욱 깊어지다.]
> 志之立, 知之明, 行之篤, 皆在我耳. [뜻이 섬과 앎이 밝음과
> 행실이 도타움은 모두 나에게 달려 있을 따름이다.]
> 不知老之將至. [늙음이 장차 이르는 것을 알지 못한다.]

2) 虛 辭

'虛辭'는 어휘적 의미가 없거나 그다지 실재적이지 않고, 實辭에
붙어서 단지 문법적 의미만을 나타내는 단어를 말한다. 허사는 그
주된 기능이 문장 안에서의 문법적인 기능이므로 기본적으로 문장
에서의 쓰임과 관련하여 이해해야 한다.
허사에 속하는 품사는 다음과 같다.

가) 介詞

일반적으로 명사나 대명사 등 名詞類 앞에 놓여 그 명사류를 서

술어와 연결해주면서 처소, 대상, 도구, 시간, 원인, 비교 등의 뜻을 나타내는 단어이다. 단독으로는 사용되지 않으며 명사류와 어울려 '개사＋빈어'의 구조를 이루어, 보통 서술어의 뒤에서 서술어를 보충하거나 서술어의 앞에서 서술어를 수식·한정하는 구실을 한다.

① 於(＝于, 乎)

名詞類 앞에 위치하여 처소, 대상, 시간, 비교 등의 뜻을 나타낸다.

보기　月出於東天. [달은 동쪽 하늘에서 뜬다.]
　　　不義而富且貴, 於我如浮雲. [의롭지 못한데도 부유하고 또 귀하게 되는 것은 나에게 뜬 구름과 같다.]
　　　日落於西山. [해는 서산으로 진다.]
　　　勞力者, 治於人. [힘을 쓰는 사람은 남에게 다스림을 받는다.]
　　　一年之計, 在於春. [일 년의 계획은 봄에 달려 있다.]
　　　霜葉紅於二月花. [서리 맞은 잎이 이월의 꽃보다 붉다.]

② 以

주로 명사류 앞에 위치하여 도구, 수단, 자격, 대상, 원인 등의 뜻을 나타낸다.

보기　臣事君以忠. [신하는 임금을 충성으로써 섬긴다.]
　　　王待吾以國士. [왕이 나를 국사로 대우하다.]
　　　弟以其一與兄. [아우가 그 중의 하나를 형에게 주다.]
　　　不以成功自滿. [성공으로 인하여 자만하지 말라.]
　　　何以附耳相語? [무엇 때문에 귀에 대고 말합니까?]
　　　孟嘗君以五月五日生. [맹상군은 5월 5일에 태어났다.] (以＋시간: ～에)

* 일반적으로는 명사류 앞에 위치하나 강조의 의미를 덧붙일 경우 명사류 뒤에 놓이기도 한다.

> 보기 吾道一<u>以</u>貫之. [내 도는 하나로써 그것을 꿰뚫는다.]

* 숙어형태로 활용되기도 한다 - '以A 爲B': A를 B로 삼다, A를 B라고 생각하다.

> 보기 <u>以</u>我<u>爲</u>貪. [나를 탐욕스럽다고 생각하다.]
> <u>以</u>李舜臣<u>爲</u>統制使. [이순신을 통제사로 삼았다.]

③ 自·由·從: ~부터

명사류 앞에 위치하여 동작의 起點을 나타낸다.

> 보기 <u>自</u>初<u>至</u>終. [처음부터 끝까지.](至는 '~까지')
> 病<u>從</u>口入, 禍<u>從</u>口出. [병은 입으로부터 들어오고, 화는 입으로부터 나온다.]
> <u>由</u>此觀之. [이것으로부터 그것을 보다.]

④ 爲

명사류 앞에 위치하여 목적·원인·대상 등의 뜻을 나타낸다.

> 보기 不<u>爲</u>酒困. [(공자는) 술 때문에 곤란하게 되지 않으셨다.]
> <u>爲</u>人謀而不忠乎? [남을 위하여 도모하는데 충성하지 않았는가?]

나) 接續詞

① 以

단어와 단어, 어구와 어구 등을 서로 이어주는 구실을 하며 주로 순접으로만 쓰인다.

 作文以記之. [글을 지어서 그것을 기록하다.]

② 而

단어와 단어, 어구와 어구, 문장과 문장 등을 서로 이어주는 구
실을 하며, 順接일 때와 逆接일 때가 있다.

 登高山而望四海. [높은 산에 올라서 사해를 바라본다.] (순접)
子欲養而親不待. [자식은 봉양하고자 하나 어버이는 기다려주지
않는다.] (역접)

③ 且·與·及

단어와 단어, 어구와 어구, 문장과 문장 등을 서로 이어주는 구
실을 한다.

 重且大. [중하고도 크다.]
貧與賤, 是人之所惡也. [가난과 천함은 사람이 싫어하는 것이다.]
是日曷喪? 予及汝偕亡. [이 해는 언제 없어질까? 나와 네가 함
께 망하자!]

④ 則

단어와 단어, 어구와 어구, 문장과 문장 등을 서로 이어주는 구
실을 하되, 주로 조건인 '~면'의 의미로 쓰인다.

 水至淸, 則無魚. [물이 너무 맑으면 물고기가 없다.]
仁則榮, 不仁則辱. [어질면 영화롭게 되고, 어질지 않으면 욕되
게 된다.]

다) 語助辭

단어나 어구 또는 문장의 앞, 가운데나 뒤에 와서 문법적인 의미
나 語氣 곧 말의 느낌 등을 나타내는 단어이다.

① 也, 矣
주로 문장의 끝에 쓰여 판단이나 확인의 語氣를 나타낸다.

보기 孝, 百行之本也. [효는 온갖 행실의 근본이다.]
　　　朝聞道, 夕死可矣. [아침에 도를 들으면 저녁에 죽어도 괜찮다.]

*也와 矣는 용법이 비슷하기도 하지만 "야는 여와 서로 차이가
천리가 된다: 也之與矣, 相去千里(『淮南子』)"는 말처럼 구별하자
면, 也는 靜的이고 사실을 확인하는 판단구에 쓰이며, 矣는 動的
이고 상황을 반영하는 서술구나 묘사구에 쓰인다.

② 已, 而已, 焉
주로 문장의 끝에 쓰여 강조의 어기를 나타낸다.

보기 王之所大欲, 可知已. [왕이 크게 하고자 하는 바를 알 수 있겠
　　　습니다.]
　　　擊之, 必大捷焉. [그들을 공격하면 반드시 크게 이길 것이다.]

③ 乎, 哉, 與(歟), 耶
주로 문장의 끝에 쓰여 疑問이나 反語의 어기를 나타낸다.

보기 汝登高山乎? [너는 높은 산에 올랐느냐?]
　　　豈可他求哉? [어찌 다른 데서 구할 수 있겠는가?]

是誰之過<u>與</u>? [이것은 누구의 잘못인가?]
其眞無馬<u>耶</u>? [그것은 정말 말이 없음인가?]

④ 哉, 矣, 夫

주로 문장의 끝에 쓰여 감탄의 어기를 나타낸다.

보기

君子<u>哉</u>! [군자로구나!]
甚<u>矣</u>! 吾衰也! [심하구나! 나의 쇠함이여!]
名湮滅而不稱, 悲<u>夫</u>! [이름이 없어져버리고 불리지 않으니, 슬프구나!]

⑤ 耳, 爾, 而已, 而已矣

주로 문장의 끝에 쓰여 한정의 어기를 나타낸다.

보기

直不百步<u>耳</u>. [다만 백보가 아닐 뿐이다.]
唯謹<u>爾</u>. [오직 삼갈 뿐이다.]
我知種樹<u>而已</u>. [나는 나무 심는 것을 알 뿐이다.]
夫子之道 忠恕<u>而已矣</u>. [선생님의 도는 충서 뿐이다.]

⑥ 之

동사나 대명사로 쓰이기도 하지만, 어조사로 쓰일 때는 주로 '수식어＋之＋피수식어(～의, ～하는)', '주어＋之＋서술어(～은, 는, 이, 가)', '빈어＋之＋서술어(～을 / 를)'의 구조로 쓰여 문장 성분들 사이의 문법적 관계를 나타낸다.

보기

無羞惡<u>之</u>心, 非人也. [부끄러워하고 미워하는 마음이 없으면 사람이 아니다.]
仁<u>之</u>勝不仁也, 猶水勝火也. [인이 불인을 이기는 것은 물이 불을 이기는 것과 같다.]

何罪<u>之</u>有? [무슨 죄가 있는가?]
天命<u>之</u>謂性. [하늘이 명한 것을 성이라 한다.]

⑦ 者

'수식어＋者'의 구조로 쓰여 사람(人과 者는 둘 다 '사람'의 뜻을 지니고 있는데, 人은 단독으로 '사람'의 뜻을 지니나 者는 반드시 수식을 받아야만 '사람'의 뜻을 지님)이나 사물을 나타내거나, '명사＋者'의 구조로 쓰여 제시·정돈 등의 어기를 나타내는 어조사이다.

> 보기 仁<u>者</u>, 不憂. [어진 사람은 근심하지 않는다.]
> 愛人<u>者</u>, 人恒愛之. [남을 사랑하는 사람은 남들도 항상 그를 사랑한다.]
> 大人<u>者</u>, 不失其赤子之心者也. [대인은 그의 갓난아이 때 마음을 잃지 않은 사람이다.]
> 古<u>者</u>, 易子而敎之. [옛날에는 자식을 서로 바꾸어서 가르쳤다.]

⑧ 所

한문은 기본적으로 앞의 글자가 뒤의 글자를 수식하는 것이 원칙이나, 所만은 '所＋수식어'의 구조로 쓰여 뒤에서 所를 수식하여 '～하는 바, ～하는 것'의 뜻을 나타내는 어조사이다.

> 보기 子之<u>所</u>言, 世俗之言也. [그대가 말하는 것은 세속의 말이다.]
> 有司未知<u>所</u>之. [유사가 갈 곳을 알지 못하다.]

⑨ 夫

구의 첫머리에 쓰일 때 의논하려 함을 나타내고, '우리는 반드시 알아야 한다', '주지하는 바'의 의미를 가지나 풀이할 필요는 없다.

> 보기 夫寒之於衣, 不待輕暖. [추울 때는 옷에 대해서 가볍고 따뜻함을 기다리지 못한다.]

라) 感歎詞

문장의 밖에 독립적으로 놓여 話者의 부름, 느낌, 놀람이나 응답을 나타내는 단어로, 於(오), 惡(오), 嗚呼(오호), 於戲(오희), 嗟乎(차호), 諾 등이 이에 해당한다.

> 보기 嗚呼! 哀哉! [아! 슬프도다!]
> 惡! 是何言也? [아! 이 무슨 말인고?]
> 諾! 吾將問之. [예! 제가 장차 그것을 물어 보겠습니다.]
> 噫! 天喪予! [아! 하늘이 나를 망쳤구나!]

漢文 文章의 理解

1) 漢字語 종류와 짜임

漢字語는 漢字로 이루어진 말로 문장을 구성하는 최소 단위이다. 한자어는 그 형성 방법에 따라 單純語와 複合語로 나뉘는데, 단순어는 하나의 의미 요소로 이루어진 것이며 복합어는 두 개 이상의 의미 요소가 결합하여 이루어진 것이다. 여기서 의미는 어휘적 의미와 문법적 의미를 모두 포함한다. 단순어에는 하나의 음절로 이루어진 單音節 단순어와 두 개 이상의 음절로 이루어진 多音節 단순어가 있다. 복합어에는 실질 의미 요소들이 서로 결합하여 이루어진 合成語와 실질 의미 요소에 부가 의미 요소가 붙어서 이루어진 派生語가 있다.

보기		
단순어	단음절 단순어: 羽, 冠	
	다음절 단순어: 堂堂, 亞細亞	
복합어	합성어: 休息, 將軍	
	파생어: 孔子, 卓子	

　‘한자어의 짜임’은 한자어를 형성하는 의미 요소들 사이의 결합 관계를 말한다. 두 개 이상의 의미 요소가 결합하여 하나의 한자어를 이룰 때에는 반드시 어떤 기능상의 관계를 가지게 된다. 따라서 한자어의 짜임을 문법적 기능 관계에 따라 이해하게 되면, 한자어를 보다 쉽게 이해하여 어휘 학습의 효과를 높일 수 있을 뿐만 아니라 나아가 이를 문장의 짜임을 이해하는 데에 활용할 수도 있다. 그러나 한자어의 짜임을 학습할 때에는 용어나 상호 관계를 도식적으로 강조하는 식의 문법 중심 학습에서 벗어나, 다양한 용례를 통하여 단어를 바르게 이해하고 풀이하는 방법을 익히도록 해야 한다.

　한자어의 짜임을 문법적 기능에 따라 몇 가지로 분류하면 다음과 같다.

(가) 主述關係

　主語와 敍述語의 관계로 이루어진 한자어이다. 서술어는 주어에 대해 진술하는 내용 즉 행위, 동작, 상태 등을 나타내고, 주어는 서술어의 진술을 받는 대상이 된다. 새기는 순서는 주어를 먼저 새기고, 서술어는 나중에 새긴다.

보기　1　2
夜深 [밤이 깊음]
人造 [사람이 만듦]
年長 [나이가 많음]
年少 [나이가 어림]
人和 [사람들이 화목함]
頭痛 [머리가 아픔]

(나) 述賓關係

서술어와 賓語의 관계로 이루어진 한자어이다. 서술어는 동작이나 행위 또는 존재나 소유를 나타내고, 빈어는 그 대상이 된다. 빈어를 먼저 새기고, 서술어를 나중에 새긴다. '술빈 관계'의 단어는 語順이 우리말과 다르다. '술빈 관계'에서 유의할 점은 빈어가 우리말의 목적어에 해당되는 말이지만 실질적으로는 우리말의 목적어보다 그 범위가 넓다는 점이다. '목적어'라는 용어 대신 '빈어'라는 용어를 사용한 까닭이 여기에 있다.

> **보기** 2 1
>
> 好學 [학문을 좋아함]
> 立志 [뜻을 세움]
> 騎馬 [말을 탐] ('馬'가 '騎'의 목적을 나타내므로 빈어로 봄)
> 就職 [직업에 나아감] ('職'이 '就'의 목적지를 나타내므로 빈어로 봄)
> 登山 [산에 오름] ('山'이 '登'의 목적지를 나타내므로 빈어로 봄)
> 入學 [학교에 들어감] ('學'이 '入'의 목적지를 나타내므로 빈어로 봄)
> 有産 [재산이 있음] ('産'이 '有'의 대상을 나타내므로 빈어로 봄)
> 無情 [정이 없음] ('情'이 '無'의 대상을 나타내므로 빈어로 봄)

(다) 述補關係

서술어와 補語의 관계로 이루어진 한자어이다. 서술어는 동작, 행위, 상태 등을 나타내고, 보어는 서술어를 보충하여 부족한 뜻을 완전하게 해 준다. 새기는 순서는 보어를 먼저 새기고, 서술어를 나중에 새긴다. '술보 관계'의 단어도 그 어순이 술빈관계처럼 우리말과는 다르다.

 2 1
難航 [항해하기가 어려움]
難解 [풀기가 어려움]
多濕 [습기가 많음]
下船 [배에서 내려옴]
下山 [산에서 내려옴]
多感 [느낌이 많음]

(라) 修飾關係

修飾語와 被修飾語의 관계로 이루어진 한자어이다. 수식어는 피수식어의 성격에 따라 명사류를 수식하는 것과 동사류를 수식하는 것이 있다. 새기는 순서는 수식어를 먼저 새기고, 피수식어를 나중에 새긴다.

 1 2
貴 賓 [귀한 손님] (명사류 수식)
수식어＋피수식어
友 情 [친구사이의 정]
수식어＋피수식어
流 水 [흐르는 물]
수식어＋피수식어
小 食 [적게 먹음] (동사류 수식)
수식어＋피수식어
廣 告 [널리 알림]
수식어＋피수식어
徐 行 [천천히 감]
수식어＋피수식어

(마) 竝列關係

성분이 같은 말들이 나란히 놓여 이루어진 한자어이다. 이에는 서로 상대되는 의미를 가진 한자가 나란히 놓여 이루어진 경우와 서로 비슷한 의미를 가진 한자가 나란히 놓여 이루어진 경우가 있다.

보기 1 2
雌雄 [짐승의 암컷과 숫컷, 우열을 뜻함] (서로 상대되는 의미)
高低 [높고 낮음]
晝夜 [낮과 밤]
哀樂 [슬픔과 즐거움]
開閉 [열고 닫음]
乾坤 [하늘과 땅]
考慮 [생각함] (서로 비슷한 의미)
均等 [고르고 차별이 없음]
施設 [설치함]
修練 [수양하고 단련함]
貞淑 [곧고 맑음]
防止 [막음]

2) 文章의 構造

'문장의 구조'는 문장을 구성하는 성분과 성분들 사이에 결합되어져 있는 일정한 방식을 말한다. 문장의 구조를 주성분들 사이의 관계를 중심으로 살펴보면 다음과 같다.

(가) 主述 構造

주어와 서술어의 관계로 이루어진 구조이다. 주술구조의 서술어는 주어에 대해 진술하는 내용이 되는 성분이며, 주어는 서술어의 진술을 받는 대상이 되는 성분이다. 주어가 앞에 놓이고 서술어가 뒤에 놓인다. 새기는 순서는 주어를 먼저 새기고, 다음으로 서술어를 새긴다.

보기 1 2

雪白. [눈이 희다.]
山靑. [산이 푸르다.]
花開. [꽃이 피다.]
天高. [하늘이 높다.]
吾鼻三尺. [내 코가 석자다.]
心身安定. [몸과 마음이 안정되다.]
順天者存. [천명을 따르는 자는 산다.]
逆天者亡. [천명을 거스르는 자는 망한다.]
苦盡甘來. [고생이 다하면, 즐거움이 온다.]
興盡悲來. [흥이 다하면, 슬픔이 온다.]
烏飛梨落. [까마귀가 날자, 배가 떨어진다.]
人心朝夕變. [사람의 마음은 아침 저녁으로 변한다.]
靑松丈夫心. [푸른 소나무는 장부의 마음과 같다.]
仁, 人之安宅也. [인은 사람의 편안한 집이다.]
義, 人之正路也. [의는 사람의 바른 길이다.]
天地者, 萬物之逆旅. [천지는 만물의 여관이다.]

(나) 主述賓 構造

주어, 서술어와 빈어의 관계로 이루어진 구조이다. 주술빈 구조의 서술어는 동사로써 동작이나 행위를 나타내는 성분이며, 빈어는 동사의 동작이나 행위의 대상으로써 동사의 지배를 받는 성분이다.
서술어가 앞에 놓이고 빈어가 뒤에 놓인다. 새기는 순서는 주어를
먼저 새기고, 다음으로는 빈어를 새기고, 끝으로 서술어를 새긴다.

보기 1 3 2
臣事君. [신하가 임금을 섬긴다.]
君使臣. [임금이 신하를 부린다.]
富潤屋. [부유함은 집을 윤택하게 한다.]
德潤身. [덕은 몸을 윤택하게 한다.]
君子務本. [군자는 근본을 힘쓴다.]
少女種花. [소녀가 꽃을 심다.]
知者樂水. [지혜로운 사람은 물을 좋아한다.]
仁者樂山. [어진 사람은 산을 좋아한다.]
孔子登東山. [공자가 동산에 올랐다.]
智者不失人. [지혜로운 사람은 사람을 잃지 않는다.]
瓜田不納履. [오이 밭에서는 신을 고쳐 신지 않는다.]
李下不整冠. [오얏나무 아래에서는 갓을 고쳐 쓰지 않는다.]
新沐者, 必彈冠. [새로 머리 감은 사람은 반드시 갓을 털어 쓴다.]
新浴者, 必振衣. [새로 목욕한 사람은 반드시 옷을 털어 입는다.]
他山之石, 可以攻玉. [다른 산의 돌은 옥을 가공할 수 있다.]
一日之狗, 不知畏虎. [하룻강아지가 범 무서울 줄을 모른다.]
君子有終身之憂, 無一朝之患. [군자는 죽을 때까지의 근심은
있어도, 하루아침의 근심은 없다.]

(다) 主述補 構造

주어, 서술어와 보어의 관계로 이루어진 구조이다. 주술보 구조
의 서술어는 보어의 보충 설명을 필요로 하는 성분이며, 보어는 서
술어를 보충 또는 한정하여 서술어의 부족한 뜻을 완전하게 해주

는 성분이다. 서술어가 앞에 놓이고 보어가 뒤에 놓인다. 새기는
순서는 주어를 먼저 새기고, 다음은 보어를 새기며, 끝으로 서술어
를 새긴다.

보기 1 2 4 3

少年易老. [소년은 늙기가 쉽다.]
靑天在上. [푸른 하늘이 위에 있다.]
利居衆後. [이익에는 대중의 뒤에 처한다.]
苛政猛於虎. [가혹한 정치가 호랑이보다 사납다.]
勤爲無價之寶. [부지런함은 값을 매기기 어려운 보배이다.]
愼是護身之符. [신중함은 몸을 보호하는 부적이다.]
百聞不如一見. [백번 듣는 것은 한번 보는 것만 못하다.]
成功之難如登天. [성공의 어려움은 하늘을 오르는 것과 같다.]
失敗之易如燒毛. [실패의 쉬움은 털을 불사르는 것과 같다.]

(라) 主述賓補 構造

앞서 보았던 모든 구조가 종합된 것으로, 주어, 서술어, 빈어와
보어로 이루어진 구조이다. 새기는 순서는 주어를 먼저 새기고, 다
음으로 빈어, 보어(빈어와 보어는 순서가 바뀌어도 됨), 서술어 순
서로 새긴다.

보기 1 4 5 2 3

堯以爲舜聖. [요임금은 순임금을 성인이라고 생각했다.]
世人謂栗谷大學者. [세상 사람들은 율곡을 대학자라고 말한다.]

3) 문장의 종류와 句形

문장의 유형을 敍述語의 性質에 따라 분류하면 判斷文, 敍述文, 描寫文으로 나눌 수 있으며, 分句의 유무에 따라 單文, 複文으로 나뉘며, 話者가 나타내는 語氣를 기준으로 나누면 平敍文, 否定文, 疑問文, 命令文, 感歎文 등으로 분류할 수 있다.

가) 서술어의 성질에 의한 분류

(가) 判斷文

판단문는 주로 명사나 명사류를 서술어로 하여 사물에 대한 판단이나 설명을 진술하는 문장으로 한 사물의 성질, 특징, 범위 등을 판단하고 설명한다.

> **보기** 子誠齊人也. [그대는 진실로 제나라 사람이다.]
> 滅六國者, 六國也. [6국을 멸망시킬 것은 6국이다.]
> 夫明堂者, 王者之堂也. [명당이라는 것은 王者의 당이다.]
> 惻隱之心, 仁之端也. [가엽게 여기는 마음은 인의 실마리이다.]

(나) 敍述文

사람이나 사물의 활동이나 경력, 동작의 시종 등을 서술하는 문장으로, 주로 動詞가 서술어로 사용되어 주어의 행위를 서술한다.

> **보기** 氣蓋世. [기운이 세상을 덮다.]
> 寡人好色. [과인은 色을 좋아한다.]

 　　齊人伐燕. [제나라 사람들이 연나라를 쳤다.]
　　君子憂道. [군자는 도를 근심한다.]

(다) 描寫文

사물의 성질이나 상태를 묘사하는 문장으로, 주로 形容詞가 서술어로 사용되어 주어의 상태를 묘사한다.

 　山氣日夕佳. [산의 기운은 해질녘이 아름답다.]
　　牛山之木嘗美矣. [우산의 나무가 일찍이 아름다웠다.]
　　道則高矣美矣. [도가 높고 아름답다.]
　　擧世皆濁我獨淸. [온 세상이 다 혼탁한데 나만 맑다.]

나) 分句에 의한 분류

(가) 單文

단문는 대개 하나의 주술 구조로 이루어진 문장을 말한다. 문장 중에 두 개 이상의 주술구조가 있다 하더라도, 그 중의 한 문장이 다른 것들을 자신의 성분, 즉 주어·서술어·빈어 등으로 삼고 있으면, 이것도 역시 단문이다.

子路宿於石門. [자로가 석문에서 묵었다.]
楚威王聞莊周賢. [초나라 위왕은 장주가 현명하다는 것을 들었다.]

(나) 複文

복문은 문장 중에 두 개 이상의 주술구조가 있으면서, 그것들 중에 어느 것이 다른 것의 성분이 아니고, 각각 문장을 이룬 형태를 말한다. 그리고 복문은 다시 문장들이 서로 대등한 관계를 맺고 있

는 聯合複文과 문장 간에 主從의 관계를 맺는 偏正複文으로 나눌
수 있다.

 天時不如地利, 地利不如人和. [하늘의 때는 땅의 이로움만 못
하고, 땅의 이로움은 사람의 조화만 못하다.] (聯合複文)
心安, 茅屋穩. [마음이 편안하면, 띠로 지은 집도 편안하다.]
(偏正複文)

다) 話者의 어기에 의한 분류

(1) 平敍文

話者가 聽者에게 특별히 요구하는 바 없이 하고 싶은 말을 단순
하게 진술하는 문장이다.

 天地者, 萬物之逆旅. [천지는 만물의 여관이다.]
氷, 水爲之而寒於水. [얼음은 물로 그것을 만들지만 물보다 차다.]

(2) 否定文

부정문이란 동작, 상태, 혹은 사물을 부정하는 뜻을 나타내는 문
장이다. 부정문 속에는 반드시 부정사가 있으며, 부정사에는 다음
과 같은 것이 있다.

① 不, 弗: 의미상 일반적인 부정을 나타내며, 구분하자면 不은 동
　　　　사와 형용사를, 弗은 주로 동사를 부정한다.

 仰<u>不</u>愧於天. [우러러 하늘에 부끄럽지 않다.]
雖有嘉肴, <u>弗</u>食, 不知其旨也. [비록 좋은 음식이 있더라도, 먹
어보지 않으면 그 맛을 모른다.]

② 無: 존재의 부정에 사용되어 '~이 없다'의 뜻을 지닌다.

 天無二日. [하늘에는 두 개의 태양이 없다.]
天無三尺平. [땅에는 3자 평평한 땅이 없다.]

③ 毋, 勿, 莫: 금지의 뜻으로 사용되어 '~하지 말라'의 뜻을 지닌다.

 勿謂今日不學而有來日. [오늘 배우지 않고 내일이 있다고 말하지 말라.]
左右皆曰可殺, 勿聽. [좌우에서 모두 죽여야 한다고 말하더라도, 듣지 마십시오.]
莫爲殺人. [살인을 하지 말라.]

④ 未: 주로 아직 일이 실현되지 않았음을 나타내며, '아직 ~이 아니다'의 뜻을 지닌다.

 未聞好學者也. [아직 배우기를 좋아한다는 사람을 들어보지 못했다.]

⑤ 非: 주로 판단문에 사용되며, '아니다'의 뜻을 지니며, 不, 弗과 다른 점은 非는 뒤에 명사가 온다.

 子非魚, 安知魚之樂? [그대는 물고기가 아니면서, 어떻게 물고기의 즐거움을 아는가?]
無惻隱之心, 非人也. [측은한 마음이 없으면 사람이 아니다.]

⑥ 이중부정: 부정사를 중첩해서 사용하는 경우로, 강력한 긍정을 나타낸다.

 無遠不至. [멀어도 이르지 않은 곳이 없다.]
孩提之童, 無不知愛其親. [어린아이도 자기의 어버이를 사랑할

줄 모르지 않는다.]

⑦ 부분부정과 전체부정: 부분부정은 「부정사＋부사」의 형태이며,
　　　　　　　　　　　　전체부정은 「부사＋부정사」의 형태이다.

보기　千里馬<u>不常</u>有. [천리마가 항상 있지는 않다.]
　　　千里馬<u>常不</u>有. [천리마가 항상 있지 않다.]

⑧ 不敢과 敢不: 不敢은 '감히 ～하지 않다'의 뜻이고, 敢不은
　　　　　　　'감히 ～하지 않겠는가?'로 반어형을 나타낸다.

보기　<u>不敢</u>請耳, 固所願. [감히 청하지 못했지만, 진실로 원하던 것입
　　　니다.]
　　　行父母之遺軀, <u>敢不</u>敬乎? [부모가 남겨 주신 몸을 움직이는데,
　　　감히 삼가지 않을 수 있겠는가?]

　＊ 부정사는 자기 본래의 뜻을 지니기도 하지만, 때로는 뜻을 서
　　로 공유하기도 한다.

보기　<u>無</u>欲速, <u>無</u>見小利. [빨리 하려고 하지 말고, 작은 이익을 보려
　　　고 하지 말라.](無＝勿)
　　　內省而<u>不</u>疚, 夫何憂何懼? [안으로 반성하여 허물이 없으면, 대
　　　저 무엇을 근심하고 무엇을 두려워하겠는가?](不＝無)

(3) 疑問文

話者가 聽者에게 모르는 것을 질문하여 대답을 요구하는 문장으
로, 다음과 같이 4가지 형태가 있다.

① 의문사인 何, 誰, 安, 孰, 胡, 焉, 奚, 曷 등을 사용하는 경우

보기　客<u>何</u>好? [손님께서는 무엇을 좋아하십니까?]
　　　　　子行三軍則<u>誰</u>與? [선생님께서 대군을 통솔하신다면 누

구와 함께 하시겠습니까?]

孰爲夫子? [누가 선생이란 말인가?]

衛君待子而爲政, 子將奚先? [위나라 임금이 선생님을 기다려서 정치를 하려 하는데, 선생님께서는 장차 무엇을 먼저 하시겠습니까?]

② 의문을 나타내는 어조사인 乎, 哉, 耶(邪), 與(歟) 등을 사용하는 경우

> 보기
> 事齊乎? 事楚乎? [제나라를 섬길까요? 초나라를 섬길까요?]
> 富貴者驕人乎? [부귀한 자가 남에게 교만합니까?]
> 天之蒼蒼, 其正色邪? [하늘이 푸른 것이 그 본래의 색인가?]

③ 의문사＋他詞인 何以, 何爲, 如何＝何如, 奈何 등을 사용하는 경우

> 보기
> 何爲則民服? [어떻게 하면 백성들이 복종하겠는가?]
> 子貢問曰, 貧而無諂, 富而無驕, 何如? [자공이 "가난하더라도 남에게 아첨하지 않고, 부유하더라도 남에게 교만하지 않으면, 어떻습니까?"라고 물었다.]

④ 「의문사＋의문의 어조사」가 함께 사용된 경우

> 보기
> 汝何不受乎? [그대는 어찌 받지 않았는가?]
> 追我者誰也? [나를 쫓는 자가 누구인가?]

(4) 反語文

반어문은 말하는 사람이 어떤 사실에 대해 이미 확실하게 알고 있으면서, 語勢를 강조하기 위해 의문형을 빌어 反問하는 뜻을 나타내는 문장이다. 그러므로 의문문과 형태는 같다.

 學而時習之, 不亦說乎? [배워서 때때로 그것을 익히면, 또한 기쁘지 않겠는가?]

燕雀安知鴻鵠之志哉? [제비와 참새가 어찌 기러기와 고니의 뜻을 알 수 있겠는가?]

百姓足, 君孰與不足? [백성이 풍족하면, 임금이 누구와 더불어 부족하겠습니까?]

(5) 使動文

사동문은 主動者가 客體로 하여금 어떤 동작을 하게 하는 뜻을 나타내는 문장으로, 다음과 같은 형태가 있다.

① 使役 助動詞인 使, 遣, 命, 令, 敎, 俾 등을 사용한 경우

 天帝使我長百獸. [천제께서 나로 하여금 모든 짐승들의 우두머리가 되게 하였다.]

五色金人目盲. [오색이 사람으로 하여금 눈을 멀게 한다.]

遣從者懷璧間行先歸. [따르는 자로 하여금 구슬을 품고 사잇길로 가서 먼저 돌아가게 하였다.]

② 동사인 勸, 召, 助, 屬 등을 사용하여 의미상 사역의 뜻을 가지는 경우

 孫權將呂蒙, 初不學, 權勸蒙讀書. [손권의 장수 여몽은 처음에 배우지 못했는데, 손권이 여몽에게 권하여 글을 읽게 했다.]

予助苗長. [나는 모가 자라도록 도왔다.]

③ 사역의 뜻을 갖는 조동사를 사용하지 않으면서, 내용상 使役의 뜻을 지니는 경우

 管仲相桓公, 覇諸侯. [관중은 제환공을 도와 제후들을 제패하게 하였다.]

(6) 被動文

　피동문은 주어가 다른 주동자에 의해서 어떤 동작을 받게 되는 문장으로, 다음과 같은 형태가 있다.

① 피동의 뜻을 나타내는 被, 見, 爲 등을 사용하는 경우

> 보기　信而見疑, 忠而被謗, 能無怨乎? [미덥게 했으나 비방을 받고, 충성했으나 비방을 받는다면, 원망이 없을 수 있겠는가?]
> 多多益善, 何爲爲我禽? [많으면 많을수록 더욱 좋다면서, 어째서 나에게 잡히게 되었소?]

② 「타동사＋於, 于, 乎」의 경우

> 보기　勞心者治人, 勞力者治於人. [마음을 수고롭게 하는 사람은 남을 다스리고, 힘을 수고롭게 하는 사람은 남에게 다스림을 받는다.]
> 有備則制人, 無備則制於人. [준비가 있으면 남을 제압하고, 준비가 없으면 남에게 제압을 당한다.]

③ 「爲A 所B」: A에게 B되다

> 보기　先卽制人, 後則爲人所制. [먼저하면 남을 제압하고, 뒤에 하면 남에게 제압을 당한다.]
> 善泳者, 爲水所溺. [헤엄을 잘 치는 자가 물에 빠져 죽는다.]

④ 피동의 뜻을 갖는 조동사를 사용하지 않으면서, 내용상 피동의 뜻을 지니는 경우

> 보기　仁則榮, 不仁則辱. [어질면 번영하게 되고, 어질지 못하면 욕되게 된다.]

(7) 假定文

가정문은 어떤 조건을 가정하여 예상되는 결과를 서술하는 구문
으로, 다음과 같은 종류가 있다.

① 假定詞인 若, 如, 苟, 使, 設, 設使, 若使 등을 사용하는 경우

보기 苟子之不欲, 雖賞之, 不竊. [만약 그대가 탐욕을 부리지 않는
다면, 비록 그들에게(백성들에게) 상을 주더라도 도둑질을 하지
않을 것이다.]
王如知此, 則無望民之多於隣國也. [왕께서 만약 이것을 아신
다면, 백성들이 이웃나라보다 많아지기를 바라지 마십시오.]
若使湯武不遇桀紂, 未必王也. [만약 탕왕과 무왕이 걸왕과 주왕을
만나지 않았더라면, 반드시 왕도정치를 하지만은 못했을 것이다.]

② 문장 중간에 則을 사용하는 경우

보기 王若隱其無罪而就死地, 則牛羊何擇焉? [왕께서 만약 그 소가
죄가 없이 죽는 땅으로 가는 것을 불쌍히 여겼다면, 소와 양을
왜 가리셨습니까?]

③ 雖나 縱을 사용하여 ‘비록(설령)～일지라도(～한다 하더라도)’의
뜻을 가지는 경우

보기 縱江東父兄憐而王我, 我何面目見之? [설령 강동의 부형들이
나를 불쌍히 여겨 왕으로 삼는다 하더라고, 내가 무슨 면목으로
그들을 만날 수 있겠는가?]

④ 假定詞나 則이 없어도 의미상 가정문으로 해석해야 하는 경우

보기 心不在焉 視而不見 聽而不聞 食而不知其味. [마음이 있지 않으
면 보아도 보이지 않으며, 들어도 들리지 않으며, 먹어도 그 맛을
알지 못한다.]

(8) 抑揚文

억양문은 서술하고자 하는 것을 잠시 놓아두었다가, 먼저 정도가 낮은 것부터 서술한 다음, 나중에 그것을 강조하는 표현 형태로, 주로 「況……乎(哉)」의 형태이며, 의미는 '하물며……에 있어서랴'로 풀이한다.

> 보기　天子不召師, 而況諸侯乎? [천자도 함부로 스승을 부르지 못하는데, 하물며 제후에 있어서랴?]
> 富貴則親戚懼之, 貧賤則輕易之, 況衆人乎? [부귀하면 친척들도 그를 두려워하고, 빈천하면 그를 업신여기는데, 하물며 일반 사람들에게 있어서랴?]

(9) 比較文

비교문은 어느 하나를 다른 것과 비교하거나 그 상태나 성질의 정도나 우열을 나타내는 형태로, 다음과 같은 종류가 있다.

① 「형용사＋於, 于, 乎」: ～보다 더 ～하다

> 보기　人固有一死, 或重於泰山, 或輕於鴻毛. [사람은 본래 한 번 죽음이 있는데, 어떤 경우는 태산보다 무겁고, 어떤 경우는 기러기털보다 가볍다.]

② 「莫＋형용사＋(於, 于, 乎)」: ～보다 더 ～한 것은 없다

> 보기　孝子之至, 莫大於尊親. [효자의 지극함은 어버이를 존중하는 것보다 더 큰 것은 없다.]
> 養心莫善於寡欲. [마음을 수양하는 데는 욕심을 적게 하는 것보다 더 좋은 것은 없다.]

③ 「A不如(＝不若)B」: A는 B만 못하다

> 보기　百聞不如一見. [백 번 듣는 것은 한 번 보는 것만 못하다.]

弟子不必不如師. [제자가 반드시 스승만 못한 것은 아니다.]

(10) 選擇文

선택문은 두 가지를 비교해서 그 중에 나은 것을 선택하겠다는 뜻을 나타내는 형태로, 다음과 같은 종류가 있다.

① 「與其A, 不若B」: A하는 것은 B하는 것만 못하다

보기　與其富而畏人, 不若貧而無屈. [부유하면서 남을 두려워하는 것은 가난하면서 비굴함이 없는 것만 못하다.]

② 「與其A, 孰若B」: A하는 것이 어찌 B하는 것만 하겠는가?

보기　與其有樂於身, 孰若無憂於其心? [육체에 즐거움이 있는 것이 어찌 그 마음에 근심이 없는 것만 하겠는가?]

③ 「寧A, 不B」: 차라리 A하지 B하지 않겠다

보기　寧爲鷄口, 無爲牛後. [차라리 닭의 부리가 되지, 소의 꼬리는 되지 마라.]

④ 「A孰與B」: A와 B를 비교해서 어느 편이 나은가?

보기　坐而待亡, 孰與伐之? [앉아서 망하는 것을 기다리는 것과 그를 공격하는 것을 비교해서 어느 편이 더 나은가?]

(11) 限定文

한정문은 사물이나 행위의 범위나 장소를 한정하는 뜻을 나타내는 형태로, 다음과 같은 종류가 있다.

① 부사인 唯, 惟, 只, 但, 特, 獨, 徒, 直 등을 사용하는 경우

보기　無恒産而有恒心者, 惟士爲能. [항상 된 생산이 없어도 항상 된

마음을 가지는 것은 오직 선비만이 가능한 일입니다.]

空山不見人, <u>但聞人語響</u>. [빈산에 사람은 보이지 않고, 다만 사람들 말소리만 들릴 뿐이다.]

② 어조사인 耳, 已, 爾, 而已, 而已矣, 耳矣 등을 사용하는 경우

 世亦不塵, 海亦不苦, 彼自塵苦其心<u>爾</u>. [세상은 역시 더럽지 않고, 바다 역시 괴롭지 않다. 그들 스스로 그들의 마음을 더럽히고 괴롭힐 따름이다.]

人之易其言也, 無責<u>耳矣</u>. [사람이 그 말을 쉽게 하는 것은 책임지려는 마음이 없는 것일 뿐이다.]

(12) 推量文

추측의 뜻을 나타내는 문장으로 率, 大率, 庶(= 庶乎), 幾, 庶幾, 或, 恐, 蓋 등의 부사가 사용된다.

 <u>蓋</u>有不知而作之者, 我無是也. [행여 알지 못하면서 함부로 행동하는 것이 있는가? 나는 이러한 일이 없다.]

學者必由是而學焉, 則<u>庶乎</u>其不差矣. [학문하는 사람들이 반드시 이 순서에 따라서 배운다면, 아마 차질이 없을 것이다.]

* 「其~乎」: 아마 ~일 것이다.

 始作俑者, <u>其無後乎</u>! [처음 나무 인형을 만든 사람은 아마 후손이 없을 것이다.]

(13) 命令文

話者가 聽者에게 어떤 행동을 하도록 요구하거나 요청하는 문장이다. '勿, 無, 請' 등 금지 또는 요청의 뜻을 나타내는 말이 같이 쓰이는 경우가 많다.

 臨難無苟免. [어려움에 임해 구차히 면하려 하지 마라.]
非禮勿視, 非禮勿聽. [예가 아니면 보지 말고, 예가 아니면 듣지 말라.]
君其南矣. [그대는 남쪽으로 가십시오.]

(14) 感歎文

사물이나 사실에 느낌을 받아 슬픔, 기쁨, 놀라움 등의 감정을 나타내는 문장이다. 문장 앞에 '嗚呼, 噫' 등의 감탄사를 사용하거나 '乎, 矣, 哉' 등 감탄의 어기를 나타내는 어조사를 문장 끝에 사용한다.

 久矣! 吾不復夢見周公. [오래 되었구나! 내가 다시 꿈에서 주공을 뵙지 못한 것이!]
噫! 甚矣! 其無愧而不知恥也. [아! 심하구나. 부끄러워함이 없고 수치를 알지 못함이여!]

(15) 倒置文

한문의 문장 구조를 살펴볼 때는 제일 먼저 語順을 보고, 그 다음에 성분들 사이의 관계를 보아야 한다. 어순이 바뀌면 非文이 되거나 문장의 성분이 바뀔 수 있기 때문이다. 그러나 때때로 한문의 문장은 특정한 환경 아래에서 어순이 도치되어도 문장의 성분이 바뀌지 않는 경우가 있다.

① 먼저 서술어가 감탄을 표시하거나, 서술어가 의문사인 경우에 前置되어 감탄이나 의문의 어기를 강화한다.

 賢哉, 回也. [현명하구나! 안회여]
誰歟, 哭者? [누구냐, 우는 사람이?]

② 다음은 빈어의 도치이다. 술빈 구조의 기본 어순은 서술어가 앞에 놓이고 빈어가 뒤에 놓인다. 그러나 특정한 조건 아래에서는 빈어가 서술어 앞에 놓이기도 한다. 곧, 아래 보기 ㉠과 같이 의문의 뜻을 나타내는 구문에서 의문대명사가 빈어로 쓰일 때, 또는 ㉡과 같이 否定의 뜻을 나타내는 구문에서 지시대명사나 인칭대명사가 빈어로 쓰일 때 등에는 빈어가 서술어 앞에 온다.

<table><tr><td>보기</td><td>㉠ 王者<u>誰</u>謂? 謂文王也. [왕이란 누구를 말하는가? 문왕을 이르는 것이다.]
㉡ 吾愛之, 不<u>吾</u>叛也. [내가 그를 아꼈기 때문에 나를 배반하지 않았다.]</td></tr></table>

③ 끝으로 「빈어＋之＋서술어」, 「빈어＋是＋서술어」의 경우이다.

<table><tr><td>보기</td><td>句讀<u>之</u>不知, 惑<u>之</u>不解. [구두점을 알지 못하고, 의혹을 해결하지 못하다.]</td></tr></table>

* 술보 구조의 어순은 서술어가 앞에 놓이고 보어가 뒤에 놓인다. 술보 구조의 어순을 바꾸어 보어를 서술어의 앞으로 위치를 옮기면 보어가 부사어로 그 성분이 변한다.

<table><tr><td>보기</td><td>智伯<u>以國士</u>待我. [지백이 나를 국사로 대우하다.] (‘以國士’가 부사어)
智伯待我<u>以國士</u>. [왕이 국사로 나를 대우하다.] (‘以國士’가 보어)</td></tr></table>

술빈 구조와 술보 구조는 모두 서술어가 앞에 놓인다는 점에서 공통점이 있다. 그러나 이 두 구조를 이루는 성분 사이의 결합 방식은 서로 다르다. 술빈 구조는 서술어와 빈어가 지배 관계를 이루어 서술어와 빈어 사이에 介詞가 들어갈 수 없지만(빈어 앞에 개사

가 들어가면 介賓 구조를 이루어 보어가 된다), 술보 구조는 서술어와 보어가 보충 관계를 이루어 서술어와 보어 사이에 개사가 들어갈 수 있다. 또한, 보어는 서술어의 앞으로 위치를 옮겨 부사어로 쓰일 수도 있지만, 빈어는 서술어의 앞으로 위치를 옮겨 부사어로 쓰일 수 없다. 빈어가 서술어의 앞에 놓일 때는 서술어와 빈어가 도치되는 특별한 경우에 한정되며, 이때 빈어는 서술어의 앞에 놓이더라도 빈어의 속성을 여전히 간직한다.

4) 漢文의 修辭

修辭란 주제의 상황에 따라 어휘, 구문, 표현 수법을 운용하여 사상과 내용을 적절하게 드러내는 방법을 말한다. 수사 방법을 운용하고 창조하거나, 연구하는 것을 修辭學이라 한다. 한문 문장은 다채로운 방법을 통하여 표현할 수 있다. 한문에서의 修辭法은 문장의 표현과 의사전달의 효과에 착안하여 문장의 감상을 돕는 것으로 음운 효과를 고려한 押韻과 平仄, 文體, 그리고 표현기법 등을 들 수 있다. 한문 문법은 문장의 구성 원칙에 입각하여 문장의 독해를 돕는 것이고, 한문 수사는 문장의 표현효과에 착안하여 문장의 감상을 돕는 것이다. 한문 문법과 한문 수사법은 詩文 작품을 감상하는 데에 있어 相補相生의 관계라고 할 수 있다. 한문 작품 안에는 한문 문법의 각도로 바라볼 때 불완전하고 어색한 표현이라 생각되는 문장이 한문 수사법의 시각으로 감상할 때는 고도의 예술적 표현인 경우가 많다.

(가) 比喩

나타내고자 하는 대상을 다른 대상에 빗대어 표현하는 방법으로, 두 사물 사이의 유사성을 이용하여 표현하는 수법이다. 比喩는 사실 기술이 주가 되는 散文보다는 추상적 정서를 형상화하여 표현하는 韻文에서 특히 자주 구사되어 독특한 표현 효과를 얻는 修辭의 핵심이다.

> **보기**
> 口如含朱丹. [입은 붉은 단사를 머금은 듯하다.]
> 一人之生, 似朝露耳. [사람의 일생이 아침 이슬과 같다.]
> 君子之交, 淡如水. [군자의 사귐은 담박하기가 물과 같다.]
> 淡白梨花面. [해맑기는 배꽃 얼굴이다.]

(나) 對偶

對偶는 본래 韻文에서 비롯된 것으로, 字數와 句法이 서로 비슷하거나 반대되는 어구의 표현을 이용하여 상반되거나 상관된 의미를 표현하는 방법으로 對句 또는 對仗이라고도 한다.

> **보기**
> 天高日月明, 地厚草木生. [하늘은 높아 해와 달이 밝고, 땅은 두터워 초목이 자란다.]
> 良藥, 苦於口而利於病, 忠言, 逆於耳而利於行. [좋은 약은 입에는 쓰지만 병에는 이롭고, 충성스러운 말은 귀에는 거슬리지만 행실에는 이롭다.]
> 鳥之將死, 其鳴也哀, 人之將死, 其言也善. [새가 장차 죽으려 할 때에 그 울음소리는 구슬프고, 사람이 장차 죽으려 할 때에 그 말은 선하다.]

月白雪白天地白, 山深夜深客愁深. [달이 희고 눈이 희니 온
세상이 희고, 산이 깊고 밤이 깊으니 나그네의 시름도 깊다.]

(다) 誇張

誇張은 상상력을 운용하여 사물의 특징을 확대하고 장황하게 꾸
미는 방법으로, 표현상의 필요에 의하여 고의로 그 사실을 과장하
거나 객관적인 사람, 사물, 일에 대하여 확대 혹은 축소하여 묘사
한 것을 말한다.

> **보기** 壯士喊聲, 天地震動. [장사의 함성에 천지가 진동하였다.]
> 積屍成山, 流血成川. [쌓아 놓은 시체가 산을 이루고, 흐르는
> 피가 내를 이루었다.]
> 飛流直下三千尺, 疑是銀河落九天. [날아 곧장 떨어지길 삼 천
> 척이나 하니, 은하가 구천에서 떨어지는 것이 아닌가 싶다.]

(라) 倒置

앞서 倒置文에서 보았듯이, 뜻을 돌출시키고 語氣를 순하게 하
며 성음을 조화롭게 하기 위하여 고의로 일반적인 언어 순서를 바
꾸어 놓는 방법이다.

> **보기** 仁! 夫公子重耳. [인하구나! 저 공자 중이는.]
> 惜乎! 子不遇時. [애석하구나! 그대가 때를 만나지 못한 것이.]

(마) 連鎖

주로 對偶를 이용하면서 앞의 어휘나 어구 또는 문장을 뒤에서
다시 받아 사용하여 쇠사슬(鎖) 잇듯이 이어서 설득력을 강화시키

는 방법이다. 한 문장 안에서도 사용할 수 있고 문장과 문장 사이에도 사용할 수 있다. 어느 경우이든 내용과 형식에서 서로 같거나 비슷한 표현이 앞과 뒤에서 맞물리게 하는 방법이다.

天時不如地理, 地理不如人和. [하늘의 시기는 땅의 이로움만 같지 못하고, 땅의 이로움은 사람이 화합하는 것만 같지 못하다.]
學業, 莫先於究理, 究理, 莫要於讀書, 讀書, 只在精而勤耳. [학업은 이치를 연구하는 것보다 앞섬이 없고, 궁리는 글을 읽는 것보다 중요한 것이 없고, 독서는 다만 자세하고 부지런함이 있을 뿐이다.]
天命之謂性, 率性之謂道, 修道之謂敎. [하늘이 명하신 것을 성이라 이르고, 성을 따름을 도라 이르고, 도를 닦는 것을 교라 이른다.]

(바) 漸層

표현의 강도를 조금씩 높여 나가면서 맨 마지막을 가장 강하고 중요한 어구로 끝맺는 방법으로 설득력을 높이고 강한 호소력을 준다. 유사한 구문을 누적하여 결론에 이르는 방식이 連鎖와 비슷하나, 연쇄는 對偶를 사용하는 데 비하여, 점층은 반드시 對偶를 사용하는 것은 아니다.

一年之計, 莫如種穀, 十年之計, 莫如樹木, 百年之計, 莫如敎子. [1년의 계획은 곡식을 심는 것만한 것이 없고, 10년의 계획은 나무를 심는 것만한 것이 없고, 100년의 계획은 자식을 가르치는 것 만한 것이 없다.]
物格而后知至, 知至而后意誠, 意誠而后心正, 心正而后身修, 身修而后家齊, 家齊而后國治, 國治而后天下平. [사물의 이치가 이른 뒤에 지식이 지극해지고, 지식이 지극해진 뒤에 뜻이

성실해지고, 뜻이 성실해진 뒤에 마음이 바르게 되고, 마음이 바르게 된 뒤에 몸이 닦아지고, 몸이 닦아진 뒤에 집안이 가지런해지고, 집안이 가지런한 뒤에 나라가 다스려지고, 나라가 다스려진 뒤에 천하가 평해진다.]

(사) 重疊

동일한 글자나 구를 두세 번 같은 자리에 쓰는 방법으로 反復이라고도 하며, 강력한 감정을 표현하는 방식이다.

보기   知之爲知之, 不知爲不知, 是知也. [아는 것을 안다고 하고 알지 못하는 것을 알지 못한다고 하는 것, 이것이 아는 것이다.]
老吾老以及人之老, 幼吾幼以及人之幼. [내 노인을 노인으로 여겨 남의 노인에게 미치고, 내 어린이를 어린이로 여겨 남의 어린이에게 미친다.]
是是非非謂之知 非是是非謂之愚. [옳은 것을 옳다고 하고 그른 것을 그르다고 하는 것을 지혜롭다하고, 옳은 것을 그르다하고 그른 것을 옳다고 하는 것을 어리석다라고 한다.]
窓外雨蕭蕭, 蕭蕭聲自然. 我聞自然聲, 我心亦自然. [창 밖 쓸쓸히 내리는 비, 쓸쓸한 빗소리 자연스럽네. 자연스레 나는 소리 들으니, 내 마음 또한 자연스럽네.]
子曰, 非禮勿視, 非禮勿聽, 非禮勿言, 非禮勿動. [공자께서 말씀하시기를, "예가 아니면 보지 말고, 예가 아니면 듣지 말고, 예가 아니면 말하지 말고, 예가 아니면 행동하지 말라."하였다.]
大德, 必得其位, 必得其名, 必得其壽. [큰 덕은 반드시 지위를 얻고, 반드시 명성을 얻고, 반드시 수명을 얻는다.]

* 이와는 반대로 옛사람들은 글자가 중복되지 않도록 글자를 고의로 바꾸는 일도 많았다. 이것을 變文避複이라고 한다. 산문의 글쓰기에서는 특히 주요 글자의 중복을 꺼렸다.

秦孝公據崤函直固, 擁雍州之地, 君臣固守, 以窺周室, 有席卷天下, 包擧宇內, 囊括四海之意, 幷呑八荒之心. [진효공은 효와 함의 굳센 형세를 의지하고 옹주의 땅을 끼고서, 군주와 신하가 굳게 지키면서 주왕실을 엿보아, 천하를 석권하고 우주 내를 다 들어 감싸며, 사해를 주머니 속에 묶어 두려는 마음과 팔황(사방과 우주)을 한꺼번에 삼키려는 마음이 있었다.]

여기서 '據崤函直固'와 '擁雍州之地'는 같은 구문이기 때문에 據를 擁으로 바꾸었으며, 席卷・包擧・囊括・幷呑은 모두 같은 의미인데 다르게 표현하였다. 또한 天下・宇內・四海・八荒 역시 같은 의미인데, 중복을 꺼려하여 고의로 표현을 바꾸었다.

(아) 比較

앞서 比較文에서 보았듯이, 두 종의 서로 모순되거나 대립되는 사물, 혹은 동일한 사물의 두 가지 같지 않은 방면을 가지고 대조하는 것으로 語義가 선명해지는 표현 효과를 얻는 방법이다. 劣等比較, 優等比較, 最上級比較가 있다.

百聞不如一見. [백 번 듣는 것이 한 번 보는 것만 못하다.]
新情不如舊情, 知之不若行之. [신정은 구정만 못하고, 아는 것은 행하는 것만 못하다.]
霜葉紅於二月花. [서리 맞은 잎이 이월의 꽃보다 붉다.]
禮與其奢也, 寧儉, 喪與其易也, 寧戚. [예는 사치하기보다는 차라리 검소하여야 하고, 상은 형식적으로 잘 치르기보다는 차라리 슬퍼하여야 한다.]
朝廷莫如爵, 鄕黨莫如齒, 輔世長民莫如德. [조정에는 관작만한 것이 없고, 마을에는 나이만한 것이 없고, 세상을 돕고 백성을 자라게 하는 데는 덕만한 것이 없다.]
晉國, 天下莫强焉, 叟之所知也. [진나라가 천하에 그것보다 더 강함이 없다는 것은 노인께서도 아시는 바입니다.]

(자) 省略

한문은 문장 안에서 번잡하거나 중복을 피하고 표현을 간단하게 하기 위하여 문장성분을 생략할 수 있다. 문장성분의 생략은 앞 뒤 문장을 살펴보아 알 수 있는 내용일 경우에 가능하다.

> **보기** ① 原思爲之宰, 與之粟九百, (　)辭. [원사가 가신이 되었는데, 그에게 곡식 9백을 주자, (원사가) 사양하였다.] (주어의 생략)
> ② 子曰, 躬自厚(　)而薄責於人, 則遠怨矣. [공자께서 말씀하시길, "몸소 후하게 (자책)하고, 남을 책하기를 적게 한다면 원망이 멀어질 것이다."] (서술어의 생략)
> ③ 司馬牛憂曰, 人皆有兄弟, 我獨亡(　). [사마우가 걱정하면서 말하길, "사람들은 모두 형제가 있는데 나만이 홀로 (형제가) 없구나."] (빈어의 생략)

①은 생략된 문장 앞에 '原思'라는 주어가 있기 때문에 뒷 문장에서 주어를 생략한 것이고, ②는 생략된 부분의 뒷 부분에 '責'이 있기 때문에 추론하여 알 수 있다고 보아 이를 생략한 것이다. ③은 앞 문장에 빈어 '兄弟'가 나와 있기 때문에 뒤에서는 이를 생략한 것이다.

(차) 互文

둘 이상의 구를 나란히 하여, 한 쪽에서 진술하는 내용과 다른 쪽에서 진술하는 내용을 서로 보완함으로써 통합된 의미를 전달하는 형식을 말한다.

 天長地久＝天地長久. [하늘은 길고 땅은 오래다. 하늘과 땅은
길고 오래다.]
不以物喜, 不以己悲＝不以物與己喜悲. [외물 때문에 기뻐하지
않고, 자기 때문에 슬퍼하지 않는다. 외물과 자기 때문에 기뻐
하지도 않고 슬퍼하지도 않는다.]

(카) 諷諭

본래의 뜻을 분명하게 말하기 불편하거나 혹은 형상적으로 이야
기하고자 할 때 故事를 빌려 諷刺나 訓戒의 뜻을 담는 방식이다.
寓言故事가 여기에 속한다.

 守株待兎. [그루터기를 지켜서 도끼를 기다린다.]
愚公移山. [우공이 산을 옮기다.]

5) 成語와 漢文 短文

가) 成語

‘語彙’는 단어가 모여서 이루어진 집합을 가리키는 말이다. 그러
나 때로는 어휘를 이루는 개별 단어들을 ‘어휘’라고 부르기도 한다.
어휘는 의미를 기준으로 다양한 유형으로 나눌 수 있다. 類義語,
反義語, 成語 등이 그것이다.

유의어는 두 가지 이상의 다른 단어가 의미 資質의 차원이 대체
로 같지만 程度나 狀態에서 약간의 차이가 나는 單語群을 말한다.
반의어는 한 쌍의 단어 사이에 서로 공통되는 의미 자질이 있으면

서 동시에 서로 대립되는 의미 자질이 하나 있는 단어군을 말한다.

단어의 의미는 단어 그 자체만으로는 완전한 의미를 형성하지 못하고 문장 속에 위치할 때만 그 의미가 온전하게 드러날 수 있다. 단어는 어휘의 체계 안에서 다른 단어들과 가지는 관계 아래에서만 자신의 의미를 구성할 수 있기 때문이다. 따라서 한문의 어휘를 유형적으로 파악하는 것은 어휘력의 향상뿐만 아니라 문장의 이해에도 긴요한 것이다.

> 보기 유의어: 世界 ≒ 天地, 乾坤, 天下, 宇宙 …
> 반의어: 收入 ↔ 支出, 平和 ↔ 戰爭

'成語'란, 대개 오랜 세월에 걸쳐 일상의 생활에서 널리 쓰이는 한자어이며, 옛사람들이 만든 熟語를 말한다. 성어는 대체로 2~4자로 이루어진 慣用句로 대체로 4자로 된 것이 많은데, 이것을 四字成語라 한다. 특히, 옛이야기에서 유래된 故事成語는 성어가 이루어진 내력이나 그 속에 담겨 있는 속뜻을 학습하는 과정을 통하여 학습자가 한문 학습에 대한 흥미를 높일 수 있다.

따라서 故事成語에 대한 학습에 있어서는 단순히 겉 뜻만 아는 데 그쳐서는 안 되며, 반드시 그 속뜻을 알고 그 말을 바르게 사용할 수 있도록 하여야 한다. 참고로 成語가운데 원래 문맥과는 달리 사용되는 예가 있으므로 주의를 요한다. 예를 들어 우리 속담에서 왔다고 알고 있는 成語 가운데 '畫中之餠'이란 말이 있다. '그림 속의 떡'을 옮긴 한자성어로 대부분 알고 있다. 하지만 이 말은 원래 불교에서 나왔다. 不立文字를 주장하는 禪家에서 언어문자란 쓸 데 없다는 점을 말하기 위해, 그림 속의 떡은 굶주린 배를 채울

수 없다고 비유로 든 것이다(『傳燈錄』). 그림 속의 떡은 곧 참 진리에 도달하는 것을 방해하는 언어와 문자를 비유하므로, 故事成語는 원래의 문맥과 派生되어 쓰이는 용례들에 주의가 필요하다.

보기 朝三暮四 | (겉뜻) 아침에 세 개 주고 저녁에 네 개 줌. ≫(속뜻) 간사한 꾀로 남을 우롱하고 속임

＊佳人薄命 | 아름다운 사람은 명이 짧다. ≫ 여자의 용모가 너무 아름다우면 운명이 기박하고 명이 짧다.

＊刻骨難忘 | 뼈에 새겨 잊기 어렵다. ≫ 입은 은혜에 대한 고마운 마음이 뼈에까지 사무쳐 잊혀 지지 아니함

＊角者無齒 | 뿔이 있는 놈은 이가 없다. ≫ 한 사람이 모든 복을 겸하지는 못한다.

＊客反爲主 | 나그네가 도리어 주인이 되다. ≫ 사물의 大小, 輕重, 前後가 뒤바뀜

＊擧案齊眉 | 밥상을 들어 눈과 가지런히 하다. ≫아내가 남편을 지극히 존경함

＊見蚊拔劍 | 모기를 보고 칼을 뺀다. ≫보잘 것 없는 작은 일에 지나치게 큰 대책을 세움. 또는 조그마한 일에 화를 내는 소견이 좁은 사람

＊口蜜腹劍 | 입으로는 꿀을 머금고 있으나 배 속에는 칼을 감추고 있다. ≫ 겉으로는 친절하나 마음속은 음흉한 것

＊九折羊腸 | 아홉 번 꺾인 양의 창자. ≫ 산길이 꼬불꼬불하고 험함. 또는 세상이 복잡하여 살아가기 어려움

＊**騎虎之勢** ┃ 호랑이를 타고 가는 형세. ➤➤ 호랑이를 타고 달리는 도중 내릴
수 없는 것처럼 그만 두거나 물릴 수 없는 상태

＊**南橘北枳** ┃ 남쪽의 귤을 북쪽으로 옮기면 탱자로 변한다. ➤➤ 환경에 따라
변함

＊**弄瓦之慶** ┃ 벽돌을 가지고 노는 경사. ➤➤ 딸을 낳은 기쁨. 옛날 중국에서 딸
을 낳으면 쓰는 벽돌을 장난감으로 주었으므로 이름(『詩經』에「乃生女子, 載寢
之地, 載衣之褐, 載弄之瓦.」)

＊**弄璋之慶** ┃ 구슬을 가지고 노는 경사. ➤➤ 아들을 낳은 기쁨. 옛날 중국에서
아들을 낳으면 구슬 장난감을 준 고사(『詩經』에「乃生男子, 載寢之狀, 載衣之
裳, 載弄之璋.」)

＊**亡子計齒** ┃ 죽은 자식 나이 세기. ➤➤ 이미 지나간 쓸데없는 일을 생각하며
애석하게 여김

＊**忙中閑** ┃ 바쁜 가운데에서도 한가로움

＊**門外漢** ┃ 문 밖에 있는 사람. ➤➤ 어떤 일에 대한 전문적인 지식이 없거나 관
계가 없는 사람

＊**薄氷如履** ┃ 엷은 얼음을 밟는 듯함. ➤➤ 세상의 처세에 조심함

＊**博而不精** ┃ 넓으나 정밀하지 못함. ➤➤ 여러 방면으로 널리 아나 정통하지
못함

＊**覆水不收** ┃ 엎질러진 물은 다시 담지 못한다. ➤➤ 한 번 저지른 일은 다시
어찌 할 수 없음. 또는 다시 어떻게 수습할 수 없을 만큼 일이 그릇됨

나) 漢文 短文

漢文은 漢字로 이루어진 文言體의 글을 통칭하여 부르는 말이다. 한문은 口語로서는 사용되지 않고 文言文으로서만 사용된다. 따라서 우리가 접하는 한문은 일반적으로 특정 작품 또는 著述의 형태로서 존재하는 것들이다.

‘漢文 短文’은 예로부터 널리 전해지거나 알려진 格言, 俗談, 名言·名句, 기타 한문 교육에 활용하기 위하여 만든, 하나의 문장으로 이루어진 짧은 글 등을 지칭하는 것으로, 대개 기존의 특정 작품 또는 저술의 일부에서 拔萃하거나 加工한 것들이다.

格言은 오랜 역사적 생활 체험을 통하여 이루어진 인생에 대한 교훈이나 경계 따위를 간결하게 표현한 짧은 말이다. 俗談은 예로부터 전하여 내려와 민중들의 공감을 얻어 널리 퍼진 것으로, 실생활에서 생겨난 소박하고 짧은 말이다. 名言·名句는 先賢들이 깊은 사색과 체험을 통하여 터득한 사물의 이치, 인격의 수양과 처세의 지침, 자신의 인생관이나 철학 들을 표현한 짧은 말이나 글귀를 일컫는다.

대표적인 格言, 俗談, 名言·名句들을 例示하면 다음과 같다.

＊ **兒在負**어늘 **三年搜**라. | 아이가 등에 있는데 3년 찾는다. → 업은 아기 삼 년 찾는다.

[한자풀이] [負(부)지다] [搜(수)찾다]

[의미풀이] 진리는 가까운데 있는데, 그것을 찾지 못함을 이르는 말. 단순한 일을 어렵게 해결 함. 매우 쉬운 일은 어려워함

＊**突不燃**이면 **不生煙**이라. | 굴뚝이 타지 않으면 연기가 생기지 않는
다. → 아니 땐 굴뚝에 연기 날까?

[한자풀이] [突(돌)굴뚝] [燃(연)타다]

[의미풀이] 반드시 원인이 있어야 어떤 결과가 생김

＊**難上之木**은 **勿仰**하라. | 오르기 어려운 나무는 쳐다보지도 말라. →
오르지 못할 나무 쳐다보지도 말라.

[한자풀이] [上(상)오르다] [仰(앙)우러르다]

[의미풀이] 불가능한 일을 무리하게 시도하지 말라.

＊**三日之程**을 **一日往**하고 **十日臥**라. | 3일의 거리를 하루는 가고
10일은 누워있다. → 사흘 길을 하루에 가서는 열흘을 앓아눕는다.

[한자풀이] [程(정)거리] [臥(와)눕다]

[의미풀이] 서두르지 말라.

＊**水深可知**요 **人心難知**라. | 물 깊이는 알 수 있으나 사람의 마음은
알기 어렵다. → 열 길 물 속은 알아도 한 길 사람 속은 모른다.

[의미풀이] 사람의 마음 헤아리기의 어려움

＊**晝語雀聽**이요 **夜語鼠聽**이라. | 낮말은 참새가 듣고 밤말은 쥐가 듣는
다. → 낮말은 새가 듣고 밤말은 쥐가 듣는다.

[한자풀이] [雀(작)참새] [鼠(서)쥐]

[의미풀이] 언제 어디서나 말조심하라.

＊**積功之塔**은 **不墮**라. | 공을 들여 쌓은 탑은 무너지지 않는다. → 공든
탑이 무너지랴.

[한자풀이] [積(적)쌓다] [塔(탑)탑] [墮(타)떨어지다]

[의미풀이] 최선을 다한 결과는 쉽게 사라지지 않는다.

＊**衣以新爲好**요 **人以舊爲好**라. ┃ 옷은 새 것을 좋은 것으로 삼고, 사람은 오래된 것을 좋은 것으로 삼는다. → 옷은 새로울수록 좋고 사람은 오래될수록 좋다.

[의미풀이] 옷은 새옷이 좋지만, 사람은 오래 사귄 친구가 좋다는 말

＊**馬行處**에 **牛亦去**라. ┃ 말이 가는 곳이면 소 역시 간다. → 말 가는 데 소도 간다.

[의미풀이] 재주가 부족해도 열심히 노력하면 재주 있는 것에 미칠 수 있다는 말

＊**鳥久止**면 **必帶矢**라. ┃ 새가 오래 머물면 반드시 화살을 띤다. (띤다는 것은 화살을 허리에 맞는다는 의미) → 새가 오래 앉으면 화살에 맞는다.

[한자풀이] [帶(대)띠다]

[의미풀이] 편안함에 안주해 있거나, 혹은 지나치게 욕심을 부리면 화를 당한다.

＊**旣借堂**하니 **又借房**이라. ┃ 이미 대청을 빌려주었는데 또 방을 빌린다. → 사랑채 빌리면 안방까지 달라한다.

[의미풀이] 체면 없이 이것저것 요구하거나, 욕심은 끝이 없다는 말

＊**聞則疾**이요 **不聞則藥**이라. ┃ 들으면 병이고, 듣지 않으면 약이다. → 아는 게 병, 모르는 게 약

[의미풀이] 때로는 모르는 것이 낫고, 아는 것이 오히려 병이라는 의미

＊**偶然去**하니 **刑房處**라. ┃ 우연히 가니 형방이 있는 곳이다. → 우연히 가니 형방이 있는 곳이라.

[한자풀이] [偶(우)우연] [刑房(형방): 각 고을의 刑典에 관한 사무를 보는 아전]

[의미풀이] 일이 잘 풀리지 않음

＊獲山猪라가 失家豚이라. ▎산돼지를 잡으려다 집돼지를 잃는다. →
멧돼지 잡으려다 집돼지 잃는다.

[한자풀이] [獲(획)잡다] [猪(저)산돼지] [豚(돈)돼지]

[의미풀이] 남의 것을 탐내다가 자기 것을 잃게 됨을 말함

＊三歲之習이 至于八十이라. ▎세 살 때의 버릇이 여든 살에 이른다.
→ 세 살 버릇 여든 간다.

[의미풀이] 처음부터 좋은 습관을 가져라.

＊窮人之事는 飜亦破鼻라. ▎궁한 사람의 일은 뒤집어져도 코를 깨뜨
린다. → 안 되는 사람은 뒤로 자빠져도 코가 깨진다.

[한자풀이] [飜(번)뒤집히다]

[의미풀이] 안 되는 사람은 무얼 해도 안 됨

＊我腹旣飽면 不察奴飢라. ▎내 배가 이미 부르면 노비의 굶주림을 살
피지 못한다. → 내 배가 부르면 종 배고픈 줄 모른다.

[한자풀이] [腹(복)배] [飽(포)배부르다] [飢(기)주리다]

[의미풀이] 사람은 자기 위주로 생각하기 마련임

＊上濁이면 下不淨이라. ▎위가 흐리면 아래는 깨끗하지 않다. → 윗물이
맑아야 아랫물이 맑다.

[의미풀이] 윗사람의 청렴을 강조

＊飛者上에 有乘者라. ▎날아가는 것 위에 타는 것이 있다. → 뛰는 놈
위에 나는 놈 있다.

[의미풀이] 항상 더 나은 자가 있게 마련이라는 말

＊**夫婦戰**은 **刀割水**라. ┃ 부부 싸움은 칼로 물을 베는 것과 같다. → 부
부 싸움은 칼로 물 베기

[한자풀이] [割(할)베다]

[의미풀이] 부부사이의 충돌은 쉽게 아문다거나 혹은 아물도록 해
야 한다는 말

＊**農夫**는 **餓死**라도 **枕厥種子**라. ┃ 농부는 굶어 죽더라도 그 종자를
벤다. → 농부는 굶어 죽어도 그 종자를 베고 죽는다.

[한자풀이] [餓(아)굶주리다] [枕(침)베다] [厥(궐)그]

[의미풀이] 소중한 것은 끝까지 아껴야 함. 또는 사물은 잘 활용할
줄 알아야 함

＊**本不結交**어늘 **安有絶交**리요? ┃ 본래 사귀지 않았는데, 어찌 절교가
있겠는가? → 사귀어야 절교를 하지.

[의미풀이] 무슨 일을 저질렀어야 마무리를 하지.

＊**烏狗之浴**은 **不變其黑**이라. ┃ 검은 개를 목욕시켜도 그 검음을 변하
게 하지 못한다. → 검둥개 멱 감기나 마나.

[한자풀이] [烏(오)검다] [狗(구)개] [浴(욕)몸씻다]

[의미풀이] 겉은 바꿀 수 있어도 속은 바꿀 수 없다는 말

＊**談虎虎至**하고 **談人人至**라. ┃ 호랑이를 말하니 호랑이가 오고, 사람
을 말하니 사람이 온다. → 호랑이도 제 말하면 온다.

[의미풀이] 남의 이야기를 함부로 하지 말라는 말

＊**妻妾之戰**은 **石佛反面**이라. ┃ 처와 첩의 싸움에는 돌부처가 얼굴을
돌린다. → 씨앗 싸움에는 돌부처도 돌아앉는다.

[의미풀이] 처와 첩의 싸움은 보기 싫다, 즉 총애를 다투는 질투는
보기 싫은 법

＊**才食一匙**면 **不救腹飢**라. | 겨우 한 숟가락을 먹었다면 배주림에서 구하지 못한다. → 한 술 밥에 배부르랴.

[한자풀이] [才(재)겨우] [匙(시)숟가락]

[의미풀이] 작은 노력에 좋은 결과를 바라지 말라. 또는 작게 일하고 많은 보답을 바라지 말라.

＊**我有良貨**라야 **乃求善價**라. | 나에게 좋은 물건이 있어야 이에 좋은 값을 구한다. → 내 물건이 좋아야 값을 받지.

[한자풀이] [貨(화)상품] [善(선)좋다] [價(가)값]

[의미풀이] 최선을 다한 뒤에 좋은 결과를 기다려라.

＊**千人所指**면 **無病而死**라. | 천 사람에게 손가락질 받으면 병이 없어도 죽은다. → 뭇 사람에게 손가락질 받으면 병 없어도 죽는다.

[의미풀이] 나쁜 짓을 하지 말라.

＊**一魚**가 **混全川**이라. | 한 마리 물고기가 온 시내를 흐린다. → 미꾸라지 한 마리가 온 내를 흐린다.

[한자풀이] [混(혼)흐리다]

[의미풀이] 행실이 바르지 않은 한 사람이 주위에 많은 해악을 끼침

＊**待曉月**하여 **坐黃昏**이라. | 새벽달을 기다리면서 황혼에 앉았다. → 새벽달 보러 황혼부터 기다린다.

[한자풀이] [曉(효)새벽]

[의미풀이] 일을 너무 일찍부터 서두르지 말라.

＊**虎死留皮**요 **人死留名**이라. | 호랑이는 죽어서 가죽을 남기고 사람은 죽어서 이름을 남긴다.

[의미풀이] 자신의 이름에 누가 되지 않도록 살아생전에 좋은 일을 하라.

漢詩의 理解

시는 일반적으로 그 내용과 성질에 따라 敍事詩와 抒情詩로 구분되며, 또한 表現 形式에 따라서는 定型詩와 自由詩로 구분되는 한편, 韻의 관계로 有韻詩와 無韻詩로 구분된다. 漢詩는 敍事가 없지 않으나 주로 抒情詩로 발전하였으며, 有韻詩·定型詩의 系列에 속하는 것이다.

漢詩는 漢文으로 된 詩를 말하며, 원류는 中國文學의 첫출발이 된 『詩經』인데 시대의 흐름을 따라 詩歌形態가 다양하게 발달하였다. 漢詩의 발달과정에서 특히 중요한 시대는 唐나라 때이다. 唐代에 律詩라는 새로운 시형태가 성립되었는데 이것을 近體詩라 일컬었으며, 이에 대해서 그 이전부터 있어 온 형태를 일괄해서 古體詩(＝古詩)라고 하였다. 고체시는 漢으로부터 魏晉 南北朝 시대에 형성되고 유행했던 것이지만 근체시가 성립된 이후로도 소멸하지 않고 다함께 공존하였다. 곧 고체시와 근체시는 漢字文化圈의 보편적 고전적 시형태로 통행되었던 것이다.

이러한 漢詩의 형태를 도표로 제시하면 아래와 같다.

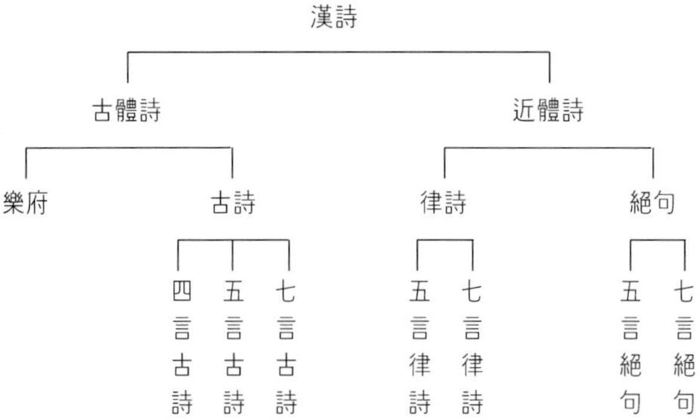

1) 漢詩의 區分

위의 도표에서 보았듯이, 漢詩는 크게 古體詩와 近體詩로 구분된다.

(가) 古體詩

古體詩는 기원적으로 古詩와 樂府의 구분이 있다. 원래 악기의 반주에 맞추어 노래로 부르던 것을 樂府라 했고 文人들의 創作詩를 그냥 詩라고 하였는데, 이것을 후에 古詩라고 일컫게 되었다. 그런데 더욱 후세에 이르러서는 樂府系統의 시도 사실상 노래로 부르지 않는 것으로 되어 서로의 구분이 없이 되었다. 그래서 형태상 樂府詩 계통이건 古詩 계통이건 고체시들을 통칭해서 古詩 또는 古風이라 불렀다.

唐나라를 중심으로 고체시와 근체시가 나뉘는데, 당 이전에 지어진 시를 고체시라고 한다. 平仄[1]과 押韻法의 제약을 받지 않는다. 또 글자 수의 제약도 받지 않으며, 초사(楚辭;초나라 시대에 유행했던 韻文體)와 악부시(樂府詩;원래는 노래가사로, 음악을 담당하는 악부에서 이를 관리했으나, 후에 이러한 형식의 시가 유행하게 되었음) 등도 여기에 해당한다. 고체시란 근체시의 대립적인 개념이다.

(나) 近體詩

漢대의 고체시가 六朝시대를 거쳐 唐나라 초기에 새로운 시 형식으로 발전하였는데, 이를 근체시라 한다. 이 근체시는 고체시보다 韻과 句數, 대구법 등에서 형식적 제약이 엄격한 것이 특징이다.

2) 漢詩의 構成과 풀이 방법

(가) 押韻法

押韻은 "운을 단다"라는 뜻으로, 일정한 자리에 공통의 운을 가

---

1) * 詩學上의 용어

   平仄: 漢詩는 원래 글자마다 발음에 高低의 오르내림이 있으니 이것을 聲調라 한다. 聲調는 平(平聲), 上·去·入(仄聲)의 4聲.
   平聲 － 平道莫底昂.　上聲 － 高呼猛烈强.
   去聲 － 分明哀遠道.　入聲 － 短促急收藏

   韻: 漢字는 子母(初聲)와 韻母(中聲과 終聲)의 구분이 있다.

   子母와 韻母를 분리시키는 방법. 反切法 [예] 通 － 他統切, 同 － 徒紅切]
   韻母가 같은 계열에 속하는 글자를 詩에서 적절히 배치하는 것을 '韻을 맞춘다,
   韻을 단다'고 하며, 이것을 押韻이라 부름(詩賦用韻曰押, 押者壓也 『康熙字典』).

진 글자를 배열하는 것을 말한다. 韻은 짝수구에 달며 구의 맨 끝 글자에서 中聲과 終聲을 같게 하여 음악적인 효과를 높이던 것으로 보인다(그러나 예로부터 우리나라는 중국 음으로 읽는 것이 아니었으므로 음악적인 효과는 없었을 것이다.). 5언시는 일반적으로 절구·율시·배율시에 상관없이 1구에는 운이 없고 짝수 구에만 달며, 7언시는 1구를 비롯해 짝수구에 다는 것이 원칙이다.

5언절구	5언율시	7언절구	7언율시

<◉-압운>

四 聲		106韻
平聲 (30韻)	上平 (15韻)	東·冬·江·支·微·魚·虞·齊·佳·灰·眞·文·元·寒·刪
	下平 (15韻)	先·蕭·肴·豪·歌·麻·陽·庚·靑·蒸·尤·侵·覃·鹽·咸
上聲 (29韻)		董·腫·講·紙·尾·語·麌·薺·蟹·賄·軫·吻·阮·旱·潸 銑·篠·巧·皓·哿·馬·養·梗·迥·有·寢·感·琰·豏
去聲 (30韻)		送·宋·絳·寘·未·御·遇·霽·泰·卦·隊·震·問·願·翰 諫·霰·嘯·效·號·箇·禡·漾·敬·徑·宥·沁·勘·豔·陷
入聲 (17韻)		屋·沃·覺·質·物·月·曷·黠·屑·藥·陌·錫·職·緝·合 葉·洽

| 韻字表 |

☞ 漢詩 각 句의 명칭

절구: 1구 – 起句   율시: 1·2구 – 首聯 혹은 기련(句＋句＝聯)
    2구 – 承句   3·4구 – 頷聯 혹은 승련
    3구 – 轉句   5·6구 – 頸聯 혹은 전련
    4구 – 結句   7·8구 – 尾聯 혹은 결련

(나) 對偶法

對偶는 앞서 보았듯이 한문의 修辭法의 일종으로 韻文인 시뿐만이 아니라 散文에서도 흔히 사용된다. 한시에서는 두개의 구를 서로 상대(相對, 對稱)되도록 놓아 음악적인 효과를 높힌다. 절구에서는 필수적인 것은 아니나, 율시에서는 함련(즉 3구와 4구)과 경련(즉 5구와 6구)은 對偶가 원칙이다.

보기
花開　昨夜　雨 [지난 밤 비에 꽃이 피더니,]
↕　　↕　　↕
花落　今朝　風 [오늘 아침 바람에 꽃이 떨어지네.]

(다) 詩想의 展開

일반적으로 한시는 전반부에서 주변의 경관이나 객관적인 상황을 읊고, 후반부에서 자기의 주관을 담아 결론 짓는 형태인 先景後情을 취하나 필수적인 것이 아니다. 杜甫 詩의 특징 중에 하나가 先景後情인데, 실은 다른 시인들의 시에서도 흔히 발견되는 '한시 전개의 특징'이다. 따라서 작자가 말하고자 하는 주제는 후반부에 있는 경우가 일반적이다.

기구 · 수련; 시상을 일으킴
승구 · 함련; 시상을 전개시킴
전구 · 경련; 시상을 비약시킴
결구 · 미련; 마무리 함

(라) 漢詩의 읽기와 풀이 방법

한시의 해석은 특별히 요령이 따로 있는 것은 아니다. 그러나 한시가 어떻게 구성되는지를 알면 한결 용이하다. 모든 한시가 그런 것은 아니지만 다음과 같이 구성되는 경우가 일반적이다.

○○/○○○ <5언시의   ○○/○○/○○○ <7언시의
○○/○○○   경우>   ○○/○○/○○○   경우>
○○/○○○   ○○/○○/○○○
○○/○○○   ○○/○○/○○○

구성이 위와 같으므로 해석도 위와 같이 끊어서 하면 쉽다. 또 읽을 때도 역시 위와 같이 끊어서 읽는다. 단 7언시의 경우는 읽을 때 4글자 / 3글자나 2글자 / 2글자 / 3글자로 끊는 것이 보통이다. 그리고 漢詩의 吐는 대개 하나의 句가 끝나는 자리마다 달아서 그 구의 뜻을 풀어주거나 그 구와 다음 구의 연결 관계를 밝혀주는 역할을 한다. 따라서 한시에 달린 토의 구실에 유의하면서 한시를 읽으면 한시의 내용을 보다 쉽게 이해할 수 있다. 단, 한시의 토는 특별한 정서를 표현하기 위하여 현대 국어에서는 잘 사용되지 않는 조사나 어미가 토로 사용되는 경우도 있으므로, 한시에서 실제로 사용된 토에 대해서만 그 구실을 이해하도록 하여, 한시의 현토

를 자연스럽게 체득하는 데 중점을 두고 현토의 원리를 지나치게
따지지 않도록 한다.

3) 漢詩의 鑑賞法

　한시는 고도의 含蓄性을 지닌 문학 양식이다. 따라서 한시를 읽
고 감상하는 데는 많은 주의와 연구가 필요할 수 있다. 물론 시 자
체의 의미만을 감상할 수도 있지만, 시를 바르고 깊게 이해하고 감
상하려면 다음 몇 가지 사항에 주의를 기울여야 한다.

　(가) 시인의 삶과 시대 상황 파악: 사람은 자기가 살아가는 현실
을 외면하고는 존재할 수 없다. 더구나 감수성이 예민한 시인은 현
실에 민감할 수밖에 없는 것이다. 따라서 시를 이해하고 감상하기
위해서는 시인의 생애와 사상, 그리고 그 시인이 살았던 시대와 그
시를 짓게 된 개인적, 역사적 배경을 반드시 고려해야 한다.
　(나) 시의 제목을 이해: 한시 자체가 함축적인 문학양식인데, 특
히 시의 제목 안에는 그 시의 제재나 주제 등이 凝縮되어 있는 경
우가 많으므로, 먼저 시의 제목을 이해하는 것이 중요하다.
　(다) 주제를 파악: 한시는 형식적인 특징상 대체로 시의 후반부에
주제가 담겨 있다. 주로 앞부분에서는 경치를 묘사하며, 뒷부분에
서는 시인의 情感을 표현하는 先景後情이므로, 주제는 주로 情을
나타내는 후반부에 있다. 그러므로 주제를 올바르게 파악하기 위해

서는 후반부에 중점을 두고 살펴야 시에서 말하고자 하는 중심을
파악할 수 있는 것이다.

(라) 시가 비유하거나 상징하는 원관념을 찾음: 한시는 제한된 형
식으로 제한된 字數 안에 시인이 하고자 하는 바를 다 말해야 하
므로, 함축성이 강할 뿐 아니라 상징성이 매우 강하다. 따라서 詩
語에 쓰인 한자나 단어가 시에서 차지하는 비중이나 그것이 상징
하는 원관념을 찾는 것은 한시를 이해하는 데 중요한 요소가 된다.

(마) 형식에 따른 詩想의 전개 방식을 알아야 함: 詩想의 전개
방식을 잘 파악하고 있어야 시의 내용을 알아내는데 유리하다.

4) 작품의 實例

그럼 구체적 漢詩 작품을 통해서 위에서 개괄적으로 언급한 내
용들을 살펴보기로 한다.

「古詩」 作者未詳

生年不滿百인대

常懷千歲憂라

晝短苦夜長하니

何不秉燭遊리오

爲樂當及時하니

何能待來玆리오

愚者愛惜費하여

俱爲塵世嗤라

仙人王子喬는

難可以等期라

[한자풀이] [秉(병)잡다] [燭(촉)촛불] [愛(애)아끼다] [費(비)비용] [俱(구)다] [塵(진)티끌] [嗤(치)웃음거리] [等(등)같다]

[어구풀이] [何不秉燭遊] 의문의 형식이나 반어문임

[爲樂當及時] 爲樂은 즐거움을 누리다는 뜻이고, 當及時는 마땅히 제때에 미쳐야 한다는 의미로, 즐거움이 생겼을 땐 그때 누려야 한다는 의미임

[何能待來玆] 의문의 형식이나 반어문이며, 來玆는 내년임

[仙人王子喬] 왕자교는 晉 靈王의 아들 晉으로, 생황을 잘 불었으며, 伊水와 洛水 주변에서 놀다가 浮丘公을 만나 嵩高山에 들어가 신선이 되었다고 함

[국역]

사는 해는 백 년도 채우지 못하는데

항상 천 년의 근심을 품는다.

낮은 짧고 괴로운 밤은 기니

어찌 촛불을 잡고 놀지 않으리오?

즐거움을 누리는 것은 마땅히 제때 누려야 하니

어찌 내년을 기다릴 수 있겠는가?

어리석은 사람은 비용을 아끼어

다 세상 사람의 비웃음 거리가 되었네.

선인 왕자교와 같은 삶은

같음을 기약하기 어렵다네.

「閨怨」林悌2)

十五越溪女가

羞人無語別이라.

歸來掩重門하고

泣向梨花月이라.

[한자풀이] [閨(규)규방] [怨(원)원망하다] [越(월)나라이름] [羞(수)부끄럽다] [掩(엄)가리다] [泣(읍)울다]

[시구풀이]

[閨怨] 규방의 원망. 여인의 원망이라는 의미

[十五越溪女] 열다섯 살 아릿따운 여인 *越溪女(월계녀): 중국 越溪에 미인이 많았다는 데서 미인을 일컬음

[羞人無語別] 남이 부끄러워 말없이 이별하였다.

[歸來掩重門] 돌아와 덧문을 닫음 *重門: 덧문. 重은 '겹'의 뜻

[泣向梨花月] 배꽃에 걸린 달을 울며 마주하고 있음

[국역]

열다섯 살 아리따운 여인이

---

2) 林悌(1549—1587): 조선 중기의 시인. 자는 子順, 호는 白湖. 어릴 때부터 지나치게 분방하여 법도에 얽매이기 싫어했다. 벼슬이 홍문관지제교까지 올랐으나, 서로 헐뜯고 질시하며 공명만을 추구하는 관료생활에 환멸을 느껴 이리 저리 유람하다가 39세로 죽었다. 시조 3편이 전하는데, 그 가운데 黃眞伊의 무덤에서 읊은 것이 유명하다.(청초 우거진 골에 자는가 누웠는가. 홍안(紅顔)을 어디 두고 백골(白骨)만 묻혔나니, 잔 잡아 권할 이 없으니 그를 슬퍼하노라.)

남이 부끄러워 말없이 이별하고는,

돌아와 덧문을 닫고

배꽃에 걸린 달을 울며 마주하네.

「夢魂」 李玉峯[3]

近來安否問如何오?

月到紗窓妾恨多라.

若使夢魂行有跡이면

門前石路半成沙리라.

한자풀이   [魂(혼)넋] [否(부)아니다] [到(도)이르다] [紗(사)깁][跡
(적)자취] [沙(사)모래]

시구풀이

[近來安否問如何] 묻노니 어떻게 지내시는지요? '問近來安否
如何'가 도치된 문장이다. *近來: 요즘 *如何: 어떠한가?

[月到紗窓妾恨多] 달이 사창에 이를 때면 저의 한은 깊어지
곤 한답니다. *妾: 흔히 첩이라 하면 정식 부인이 아닌 後妻
를 뜻하지만, 여성이 자신을 낮추어 일컫는 말로도 쓰인다.

[若使夢魂行有跡] 만약 꿈길의 걸음에 자취가 생긴다면 *若
使: 만약

[門前石路半成沙] 문 앞의 돌길 반쯤은 모래가 되었을 겁니다.

---

3) 李玉峰: 조선 명조 때의 여류시인. 沃川郡守 李逢의 庶女로 태어나 조원의 소실이 되었다.
시집 1권이 있었다고 하나 전하지 않고, 조원의 후손이 간행한 『嘉林世稿』의 부록에 『玉峰
集』이라 하여 32편이 전할 뿐이다.

요즈음 어떻게 지내시는지요?

달이 비단 창에 비추면 저의 한은 깊어지곤 하지요.

만약 꿈속에 걷는 걸음에도 자취가 생긴다면

그대 문 앞의 돌길이 반은 모래가 되었을 거예요.

「浮碧樓」 李穡4)

昨過永明寺라가

暫登浮碧樓라.

城空月一片이요

石老雲千秋라.

麟馬去不返하니

天孫何處遊오?

長嘯依風磴하니

山靑江自流라.

한자풀이 [浮(부)뜨다] [碧(벽)푸르다] [暫(잠)잠깐] [返(반)돌이키
다] [秋(추)해] [麟(린)기린] [嘯(소)휘파람불다] [磴(등)섬돌] [依
(의)기대다]

---

4) 이색(1328,충숙왕 15~1396,태조 5). 字는 穎叔, 號는 牧隱. 1341년(충혜왕 복위 2) 진
사가 되었으며, 1348년(충목왕 4) 원나라 국자감의 생원이 되었다. 이색은 李齊賢을 座主
로 하여 주자성리학을 익혔고, 이 시기 원의 국립학교인 국자감에서 수학하여 주자성리학의
요체를 파악할 수 있었다. 1352년(공민왕 1) 아버지가 죽자 귀국했고, 1367년 성균관이 重
營될 때 이색은 대사성이 되어 金九容・鄭夢周・李崇仁 등과 더불어 程朱性理의 학문을
부흥시키고 학문적 능력을 바탕으로 성장하는 유신들을 길러냈다. 이후 鄭道傳 등의 상소로
인하여 장단으로, 금주・여흥 등지로 유배당하는 등 고려 말기의 정치권에서 멀어지게 되었
다. 1396년 여주 神勒寺에서 죽었다. 이색은 원나라에서의 유학과 이제현을 통하여 주자
성리학을 수용했고, 이를 바탕으로 고려 말기의 사회혼란에 대처하면서 정치사상을 전개했다.

[昨過永明寺]: 영명사는 평양에 있는 사찰

[暫登浮碧樓]: 잠시 부벽루에 오르다. 부벽루는 평양에 있는 누각으로 영명사 남쪽에 있다. 푸른 물(대동강)에 떠있는 누각이라는 뜻

[城空月一片]: 城空은 '평양성이 텅비었다'는 말로 쓸쓸한 기분을 자아내게 한다. 평양은 옛 고구려의 도읍지인데, 지금은 그러한 영화가 사라지고 달만 한 조각 떠있다는 말이다.

[石老雲千秋]: 오래된 바위에 천 년의 구름. 즉 자연물인 바위나 구름은 변치 않아서 예전의 모습을 그대로 간직하고 있는데, 사람은 그렇지 않다는 뜻을 내포하고 있다.

[麟馬去不返]: 麟馬는 東明聖王(＝주몽)이 타고 하늘로 올라갔다는 말. 기린마는 가고 돌아오지 않았다는 말은 물론 동명성왕도 돌아오지 않고 있다는 뜻

[天孫何處遊]: 천손은 어느 곳에 노닐고 있는가? 천손은 동명성왕을 말한다.

[長嘯依風磴]: 嘯는 '휘파람불다'의 뜻이나 여기서는 시를 '읊조린다'는 뜻으로 쓰였다. 風磴(풍등)은 돌난간(혹은 섬돌). 돌난간에 기대서서 시를 길게 읊조리고 있다는 말

[山靑江自流]: 산은 푸르고 강은 절로 흐른다. 작자는 예전 고구려를 생각하며 인간사의 무상함에 젖어 있는데, 산과 강은 예나 지금이나 무상하다는 의미

어제 영명사에 들렀다가

잠시 부벽루에 올랐네.

빈 성에 한 조각달이요

오래된 바위에 천 년의 구름이라.

기린마는 가고 돌아오지 않는데

천손은 어느 곳에 노니는가?

길게 읊조리며 돌난간에 기대서니

산은 푸르고 강은 절로 흐르네.

「登潤州慈和寺上房」 崔致遠[5]

登臨暫隔路岐塵하나

吟想興亡恨益新이라

畫角聲中朝暮浪이요

靑山影裏古今人고

霜摧玉樹花無主하고

風暖金陵草自春이라

賴有謝家餘境在하여

長敎詩客爽精神이라

---

5) 최치원(857, 문성왕 19~?) 字는 孤雲·海雲. 6두품 출신으로, 868년(경문왕 8) 12세 때 唐나라에 유학하여 18세의 나이로 賓貢科에 장원으로 급제하고, 876년(헌강왕 2) 표수현위 (漂水縣尉)로 임명되었다. 879년 고변이 황소(黃巢) 토벌에 나설 때 그의 從事官으로 서기의 책임을 맡아 表狀·書啓 등을 작성했다. 이때 軍務에 종사하면서 지은 글들이 뒤에 『桂苑筆 耕』 20권으로 엮었으며, 「檄黃巢書」는 명문으로 손꼽힌다. 885년 신라로 돌아왔는데, 문장 가로서 능력을 인정받기는 했으나 골품제의 한계와 국정의 문란으로 당나라에서 배운 바를 자 신의 뜻대로 펴볼 수가 없었다. 당나라에 있을 때나 신라에 돌아와서나 모두 난세를 만나 포부 를 마음껏 펼쳐보지 못하는 자신의 불우함을 한탄하면서 관직에서 물러나 여러 지역을 유람하 다 만년에 가족을 이끌고 가야산 海印寺에 들어갔으며 그 뒤의 행적은 알려지지 않고 있다.

[한자풀이] [暫(잠)잠시] [隔(격)격하다] [岐(기)갈림길] [摧(최)꺾다]
[賴(뢰)힘입다] [敎＝使] [爽(상)상쾌하다]

[시구풀이]

[潤州(윤주)] 江蘇省 南京 지역 鎭江縣으로, 南京은 옛 南朝의
陳나라의 땅임

[畵角(화각)] 그림을 그려놓은 뿔나팔. 원래 군대의 신호용으로
불었으나, 절에서 식사 시간 등을 알릴 때도 불었음

[玉樹(옥수)] 아름다운 나무로, 貴人을 상징함. 陳나라 後主는 「玉
樹後庭花」라는 매우 슬픈 노래를 지어 후궁 미인들에게 부르
게 했는데, 그 가사 중에 "아름다운 나무 뒤뜰에서 꽃이 피었
는데, 꽃이 피어도 오래가지 못한다네(玉樹後庭花 花開不復
久)"라는 구절이 있음

[金陵(금릉)] 江蘇省 南京 지역

[謝家(사가)] 謝氏는 晉代의 명문으로 謝眺 등 시인이 배출되
었음. 근처에 사조의 유적이 있었음

[국역]

산에 올라 잠시 갈림길 먼지와 멀어졌으나
흥망을 읊으며 생각하니 한이 더욱 새롭구나.
뿔나팔 소리 가운데 아침저녁 물결일고
푸른 산 그림자 속엔 고금 인물 몇몇인고?
서리가 옥수를 꺾어 꽃은 주인이 없고
바람이 따스한 금릉에 불어 풀만 절로 봄이구나.
사씨 집의 남은 풍광이 있음에 힘입어
길이 기인에게 정신을 상쾌하게 하네.

散文의 이해

한문의 文體는 언어의 형식적 특징에 따라 크게 散文, 韻文, 騈文으로 나눌 수 있다. 두드러진 특징만을 제시하자면, 散文은 字數나 韻律 등의 外形的 규범에 얽매이지 않고 자유롭게 쓴 문체를 말한다. 韻文은 특정한 句의 끝자리를 韻이 같은 글자로 맞추어 押韻을 한 문체를 말한다. 騈文은 韻文처럼 押韻을 하지는 않지만 散文과 달리 聲律과 對偶를 강구하는 문체를 말한다.

散文은 실용적 목적과 밀접한 관련을 가지면서 장구한 기간 존속하여 그 양식이 여러 갈래로 나뉘어 복잡하게 발전해 왔다. 여기서는 관행적 양식들을 성격 및 기능에 따른 類別을 지어서 각기 문체적 특성을 설명하기로 한다. 대개 12類로 구분하는데 이는 姚鼐의 『古文辭類纂』에서 취한 방식에 의거한 것으로, 그 내용을 약간 가감한 것이 다음과 같다.

(가) 論辨類

논변류는 事理를 분석하고 是非를 변별하는 것을 위주로 한다. 議論文이라고도 하고 論說文이라고도 한다.

① 論: 정면 논술의 문장

② 辨(＝辯): 언행의 시비를 판별한다는 뜻이니, 論駁하는 문체

  * 論과 辨은 구별이 되는데, 論은 어떤 하나의 도리를 천명하는
  형식임에 대해, 辨은 다른 견해를 분변해서 비판하는 형식이다.

③ 原: 사리의 본원을 추론함

④ 解: 사물에 대하여 해설을 하여 그로써 특정한 이치를 천명함

⑤ 說: 의리를 해석하여 자기의 뜻을 서술함

(나) 序跋類

책이나 글에 붙이는 글로, 책을 소개하거나 작가의 일생, 또는 저작의 동기 등을 기록하며, 또한 작가 자신의 문학론을 함께 드러내기도 한다. 원래는 序와 跋의 구분이 없이 책의 끝에 붙여서 後序라고도 일컬어졌다.

① 序: 敍라고도 적는데, 작가의 뜻을 펼쳐 보이는 것으로 그 말이 차례대로 질서가 있어 序라고 한다. 처음에는 책의 뒷부분에 놓였으나, 나중에는 보통 앞부분에 놓이게 되었다.

② 跋: 序와 같은 문체이며, 책의 뒤에 놓이는 것을 말한다.

(다) 奏議類

신하가 군주에게 올리는 글이므로, 내용과 어휘까지 근엄하고 신중하였다. 君主制 下에서 임금에게 올리는 글은 특별한 의미를 갖는 것이므로 그 명칭도 여러 가지이다.

① 奏: 신하가 군주에게 올리는 글로, 戰國시대에는 上書라 하

다가 秦나라에 이르러 奏로 고침

② 議: 정치를 토의하고 대책을 세우는 글

③ 表: 일의 단서를 밝혀 윗사람에게 고하는 것

④ 對: 군왕의 질문에 신하가 대답하는 것

(라) 書說類

편지글. 통신 수단이 개발되지 않았고 신문·잡지와 같은 매체가 존재하지 않았던 시대에 있어서 편지글은 오늘날과 아주 다른 중요한 의미를 띠고 있었다. 학술적인 견해의 표명이나 논쟁은 대개 書를 통해서 이루어졌던 것이 전통 사회의 관행이었다.

① 簡과 帖: 대나무에 쓴 것이 簡이고, 비단에 쓴 것이 帖임(書於竹者謂之簡, 書於帛者謂之帖.)

② 札과 牘: 나무에 쓴 것(札與牘, 皆以木爲之.)

(마) 贈序類

序跋에서 독립된 문체로 晉대 발생하여 唐宋대에 성행함. 친한 사람에게 주는 형식의 글. 멀리 길을 떠나거나 중요한 임무를 맡는 경우나 회갑을 맞는 사람에게 격려하고 축하하는 의미에서 지어 주는 내용의 글

① 送序 : 地方官으로 나가거나 외국에 사신으로 가는 경우 친우들이 送序를 지어 줌

② 壽序 : 회갑을 축하해서 지어 줌

(바) 詔令類

군주가 신하에게 내리는 글
① 詔: 군주가 지시하는 명령. 周나라 때는 詔令을 구분하지 않
   았으나, 秦에 이르러 令을 詔로 바꿈
② 命과 令: 관리 임명·작위 봉함·상벌을 내릴 때 사용함
③ 諭: 윗사람이 아랫사람에게 깨우쳐주고 알려줄 때 사용함
④ 批答: 신하가 바친 글에 군주가 논평하는 답

(사) 傳狀類

인물의 평생 사적을 사실에 충실하여 기록하여 그 사람의 賢否
善惡을 후세에 알리는 글.
① 史傳: 원래 史家의 손에서 이루어진 것으로, 역사서에 붙은 傳
② 家傳: 文人들에 의해 지어진 傳
③ 自傳: 자기의 일생을 자신이 기록한 傳
④ 假傳: 傳의 형식을 빌려 쓴 傳
⑤ 托傳: 自傳이면서 다른 인물에 가탁한 성격(陶淵明의 「五柳
   先生傳」)
⑥ 行狀: 어떤 인물에 대해 死後 그 생애를 서술한 글

(아) 碑誌類

어떤 사적이나 어떤 인물의 행적을 서술하여 영구히 기념하는
뜻으로 刻해서 세우는 글. 원래 주로 金石에 새겼기 때문에 金石
文으로 일컬어지기도 했는데, 그 용도와 성격에 따라 여러 가지 형

태가 있다.

① 墓碑와 墓誌: 死者를 위한 것으로, 산문으로 死者(碑主)의 행적을 서술한 다음 끝에 운문으로 銘을 붙이는 형식이다. 墓碑는 묘의 앞에 세우는 것이고, 墓誌는 묘 옆의 땅에 묻는 것이다.

② 神道碑: 옛날 관작이 높은 인물을 위하여 특별히 세우는 것으로 규모가 보다 크다. 墓로 가는 입구에 세운다고 해서 神道碑로 일컬어 졌다.

* 碑와 碣의 차이는 석각의 형상과 높이에 차이가 있다. 碑는 뿔없는 용인 리(螭)를 머리로 하고 거북모양의 빗돌받침을 하며, 빗돌받침 위로 높이 9척이 넘지 않는다. 碣은 圭머리에 사각 빗돌받침으로 하며, 높이 4척을 넘지 않는다.

(자) 雜記類

見聞한 것을 서술한 것으로, 雜志 · 雜識라고도 함

① 樓亭記: 樓閣이나 亭子의 내력이나 風光 등을 기록한 것
② 山水遊記: 산수를 유람하고 기록한 것
③ 書畵雜物記: 書畵나 기타 器物에 대해 기록한 것
④ 人事雜記: 개인의 일상사에 대해 기록한 것

(차) 箴銘類

자기 자신 혹은 남에게 가르침과 깨우침을 주기 위한 성격의 글. 대개 韻文으로 씀

① 箴: 規戒의 뜻을 담은 문체로, 箴은 鍼과 같아 過失을 지적
하여 개정토록 권면한다는 뜻으로 사용된다.
② 銘: 器物이나 碑石에 새기는 것으로, 경계하고 공덕을 기록
하는 기능을 지니게 되었다.
* 箴의 목적은 過失을 예방하는데 있으므로, 문장은 확실하고
的實한 것을 크게 친다. 銘의 목적은 공적 등을 찬양하는 일
도 겸하므로, 문장은 넉넉하고 윤기 있음을 높이 친다.

(카) 頌讚類

어떤 사람이나 무슨 일에 대해 예찬하고 칭송하는 성격의 글

(타) 哀祭類

제사 때 山川神에 대하여 기도하는 글이나 亡者에 대한 죽음을
애도하는 글
① 哀辭: 원래 20살에 미치지 못하고 요절한 사람을 애도하는 글
② 祭文: 祭奠을 올리는 때에 낭독하여 亡者의 영혼이 와서 제
수를 歆饗하기를 기원하는 글
③ 弔文: 사람을 조문하여 당시를 슬퍼하는 글
④ 誄辭: 원래 귀족의 사후에 諡號를 확정하는데 사용한 글이었
으나, 후대에 와서는 시호의 유무와 관계없이 누구나 애도의
뜻으로 지음

위에 제시된 산문의 문체 가운데 몇 가지 例만을 例示하면 다음

과 같다.

「白雲居士傳」　李奎報6)

　白雲居士　先生自號也　晦其名顯其號　其所以自號之意　具載先生
白雲語錄　家屢空　火食不續　居士自怡怡如也　性放曠無檢　六合爲
隘　天地爲窄　嘗以酒自昏　人有邀之者　欣然輒造　徑醉而返　豈古陶
淵明之徒歟　彈琴飮酒　以此自遣　此其錄也　居士醉而吟　自作傳　自
作贊　贊曰　志固在六合之外　天地所不圍　將與氣母　遊於無何有乎

[한자풀이] [屢(루)자주] [火食(화식)일상의 밥] [怡(이)기뻐하다] [放
曠(방광)마음이 활달하여 남의 구속을 받지 않음] [六合(륙합)
天地와 四方] [隘(애)좁다] [窄(착)좁다] [嘗(상)항상] [欣(흔)기
뻐하다] [造(조)가다] [徑(경)곧, 마침내] [豈~歟(기~여)아마
~일지도 모른다] [彈(탄)타다] [圍(유)얽매이다] [氣母(기모)우
주의 元氣의 근원] [無何有(무하유)아무것도 없음]

[어구풀이]

[晦其名顯其號] 對偶의 修辭를 사용함

[居士自怡怡如也] 한문에서 두 자를 반복하여 사용하는 것은
의성어나 의태어를 나타내기 위함이다. 또한 '○然, ○焉, ○
如' 등의 표현도 의성어나 의태어를 만들어주는 방식이다.

---

6) 이규보(1168,의종 22~1241,고종 28). 字는 春卿, 초명은 仁低, 號는 白雲居士·止軒·
三酷好先生. 9세 때 이미 신동으로 알려졌으며 소년시절 술을 좋아하며 자유분방하게 지냈
는데, 科擧의 글을 하찮게 여기고 竹林高會의 詩會에 드나들었다. 23세 때 진사에 급제했
으나 출세의 기회를 얻지 못했다. 개성 천마산에 들어가 백운거사를 자처하고 시를 지으며
莊子사상에 심취했다. 26세 때 개성에 돌아와 궁핍한 생활을 하면서 당시 문란한 정치와 혼
란한 사회를 보고 크게 각성하여 「東明王篇」 등을 지었다. 그 뒤 최충헌 정권에 詩文으로
접근하여 문학적 재능을 인정받고 32세부터 벼슬길에 오르게 되었다. 권력에 아부한 지조
없는 문인이라는 비판이 있으나 대 몽골 항쟁에 강한 영도력이 필요하다는 판단으로 정권에
협조했다고 보는 시각도 있다.

[六合爲隘 天地爲窄] 둘 다 앞에 '以'가 생략된 것으로, 「以 A爲B」로 'A를 B로 여기다'의 뜻임

국역 백운거사는 선생의 자호이니, 그 이름을 숨기고 그 호를 드러낸 것이다. 그가 이렇게 자호하게 된 뜻은 선생의 <백운어록>에 갖추어 실려 있다. 집에 자주 식량이 떨어져서 끼니를 잇지 못하였으나 거사는 스스로 유쾌히 지냈다. 성격이 활달하여 단속할 줄을 모르며, 천지사방을 좁게 여겼다. 항상 술을 마시고 스스로 혼미하였는데, 초청하는 사람이 있으면 그때마다 반갑게 가서 잔뜩 취해가지고 돌아왔으니, 아마도 옛적 도연명의 무리인 듯하다. 거문고를 타고 술을 마시며 이렇게 세월을 보냈다. 이것은 그의 기록이다. 거사는 취하면 시를 읊으며 스스로 전을 짓고 스스로 찬을 지었다. 그 찬은 이러하다. "뜻이 본래 천지사방의 밖에 있으니, 하늘과 땅도 그를 얽매지 못하리로다. 장차 원기의 근원과 함께 무한한 공허의 세계에 노닐어 볼까?"

「鏡說」 李奎報

居士有鏡一枚 塵埃侵蝕 掩掩如月之翳雲 然朝夕覽觀 似若飾容貌者 客見而問曰 鏡所以鑑形 不則君子對之 以取其淸 今吾子之鏡 濛如霧如 旣不可鑑其形 又無所取其淸 然吾子尙炤不已 豈有理乎 居士曰 鏡之明也 姸者喜之 醜者忌之 然姸者少醜者多 若一見 必破碎後已 不若爲塵所昏 塵之昏 寧蝕其外 未喪其淸 萬一遇姸者而後磨拭之 亦未晚也 噫 古之對鏡 所以取其淸 吾之對鏡 所以取其昏 子何怪哉 客無以對

　　[枚(매)낱] [埃(애)티끌] [蝕(식)좀먹다] [翳(예)가리다]

[濛(몽)흐릿하다] [炤(조)비추다] [姸(연)예쁘다] [碎(쇄)부수다]

[拭(식)닦다]

어구풀이

[塵埃侵蝕 掩掩如月之翳雲] 如자를 사용하여 比喩의 修辭를
사용함

[不則君子對之] 不자 뒤에 '鑑形'이 생략된 문장임

[若一見 必破碎後已] 若이 '만약'으로 쓰여 假定文이 됨. 또
한 若자 뒤에 주어인 '醜者'가 생략되어 있음

[不若爲塵所昏] 不若은 '~만 못하다'는 뜻이고, 「爲A 所B」
는 'A에게 B되다'라는 피동의 구문을 만든다.

[子何怪哉] 何와 哉가 쓰여 의문의 형식처럼 보이나 반어문임

[客無以對] 無以는 '~할 수 없다'는 뜻임

국역　거사에게 거울 하나가 있는데, 먼지가 끼어서 가린 모양이
마치 구름에 가려진 달과 같았다. 그러나 조석으로 들여다보
고 마치 얼굴을 단장하는 사람 같았다. 손님이 보고 묻기를,
"거울이란 모습을 비추는 것이요, 그렇지 않으면 군자가 그것
을 대하여 그 맑은 것을 취하는 것인데, 지금 그대의 거울은
마치 흐릿한 것이 안개 낀 것 같으니, 이미 모습을 비출 수가
없고 또 맑은 것을 취할 것도 없네. 그런데 그대는 오히려 비
추기를 그치지 않으니, 혹시 무슨 이치가 있는가?"하였다. 거
사는 말하기를, "거울이 밝으면 잘생긴 사람은 기뻐하지만 못
생긴 사람은 꺼려하네. 그러나 잘생긴 사람은 적고, 못생긴 사
람은 많네. 만일 (못생긴 사람이) 한 번 들여다보게 되면 반드

시 깨버린 뒤에야 그만 둘 것이네. 그러니 먼지가 끼어서 희
미한 것만 못하네. 먼지가 흐리게 한 것은 그 겉만을 흐리게
할지언정 그 맑은 것은 상하게 하지 못하니, 만일 잘생긴 사
람을 만난 뒤에 닦여져도 역시 늦지 않네. 아! 옛날 거울을 대
한 사람은 그 맑은 것을 취하려는 때문이요, 내가 거울을 대
하는 것은 그 희미한 것을 취하려는 때문인데, 그대는 무엇을
괴이하게 여기는가?"하였더니, 손님은 대답할 수 없었다.

「櫟翁稗說前序」 李齊賢[7]

至正壬午 夏雨連月 杜門無跫音 悶不可袪 持硯承簷溜 聯友朋
往還折簡 遇所記 書諸紙背 題其端曰 櫟翁稗說 夫櫟之從樂聲也
然以不材遠害 在木爲可樂 所以從樂也 予嘗從大夫之後 自免以
養拙 因號櫟翁 庶幾其不材而能壽也 稗之從卑亦聲也 以義觀之
稗禾之卑者也 余少知讀書 壯而廢其學 今老矣 顧喜爲駁雜之文
無實而可卑 猶之稗也 故名其所錄 爲稗說云

한자풀이 [櫟(력)상수리나무] [稗(패)피] [杜(두)막다] [跫(공)발자국
소리] [悶(민)번민] [袪(거)버리다] [承(승)받다] [簷(첨)처마]
[溜(류)물방울] [折簡(절간)편지 조각] [記(기)기록하다] [庶幾
(서기)바람] [顧(고)도리어] [駁雜(박잡)뒤섞여 순정하지 아니함]

---

7) 이제현(1287,충렬왕 13～1367,공민왕 16). 字는 仲思, 號는 益齋·實齋·櫟翁. 1301년
(충렬왕 27) 15세에 성균시에 장원하고 권보(權溥)의 딸과 혼인했다. 1314년(충숙왕 1) 백
이정의 문하에서 程朱學을 공부했고, 같은 해 원나라에 있던 충선왕이 萬卷堂을 세워 그를
불러들이자 燕京에 가서 원나라 학자 요수·조맹부·원명선 등과 함께 학문을 연구했다.
1319년 원나라에 갔다가 충선왕이 모함을 받고 유배되자 그 부당함을 원나라에 밝혀 1323
년 풀려나오게 했다. 1357년 문하시중에 올랐으나 사직하고 학문과 저술에 몰두했다. 그는
탁월한 유학자로 성리학 발전에 매우 중요한 역할을 했다.

[書諸紙背] 書는 '쓰다'의 뜻. 諸는 음이 '저'로 '之於'의 준말임

[無實而可卑 猶之稗也] 猶를 써서 比喩의 修辭를 활용함

 지정(元 順帝의 연호) 임오년(고려 충혜왕 복위 3, 1342), 여름비가 연이어 내렸다. 문을 닫으니 찾아오는 사람도 없어 답답한 마음을 없앨 수 없었다. 벼루를 들고 나가 처마에서 떨어지는 빗물을 받아, 친구들 사이에 오간 편지 조각들을 이어붙인 다음, 생각나는 대로 편지 뒷면에 적고서 끝에다 역옹패설이라고 썼다. 대저 력자에 락자를 붙인 것은 소리를 따른 것이다. 그러나 재목감이 못됨으로써 피해를 멀리하는 것은 나무에게 있어서 즐거울 수 있기 때문에 락자를 붙인 것이다. 내가 일찍이 벼슬아치로 종사하다가 스스로 물러나 옹졸함을 지키면서 호를 역옹이라 하였으니, 이는 그 재목감이 되지 못함으로써 장수할 수 있기를 바라는 뜻에서이다. 패자에 비자를 붙인 것 역시 소리를 따른 것인데, 뜻으로 살펴보면 돌피는 곡식 중에 비천한 것이기 때문이다. 내가 젊어서는 글 읽을 줄 알았으나 장성하면서 그 배움을 폐지하였으며, 지금 늙어서는 도리어 잡문 쓰기를 좋아하여 그 부실하고 비천한 것이 마치 돌피와 같다. 그러므로 그 기록한 것들을 패설이라 하였다.

「小圃記」 李穀8)

京師福田坊所賃屋　有隙地　理爲小圃　袤二丈有半　廣三之一　橫
從八九畦　蔬菜若干味　時其先後而迭種之　足以補鹽虀之闕　一之
年　雨暘以時　朝甲而暮牙　葉澤而根腴　旦旦采之而不盡　分其餘隣
人焉　二之年　春夏稍旱　甕汲以灌之如沃焦　然種不苗　苗不葉　葉不
舒　蟲食且盡　敢望其下體乎　已而霪雨　至秋晚乃霽　沒溷濁冒泥沙
負墻之地皆爲頹壓　視去年所食　僅半之　三之年　旱旱晚水皆甚　所
食又半於去年之半

[한자풀이] [京師(경사)京은 大, 師는 衆, 곧 大衆이 사는 곳이라는
뜻으로, 임금의 궁성이 있는 곳을 이름] [賃(임)빌리다] [理(리)
수리하다] [袤(무)길이 무(남북 또는 세로의 길이는 袤, 동서
또는 가로의 길이는 廣)] [畦(휴)쉰이랑] [迭(질)번갈아] [鹽虀
(염제)소금에 절인 채소로 겉절이 같은 것임(虀 나물 제)] [暘
(양)날이 개다] [甲(갑)새잎] [腴(유)기름지다] [稍(초)점점] [甕
(옹)항아리] [汲(급)물긷다] [灌(관)물대다] [沃(옥)물대다] [焦
(초)타다] [苗(묘)싹] [下體(하체)식물의 뿌리와 줄기] [已而(이
이)얼마 안 되어] [霪(음)장마] [霽(제)개이다] [溷(혼)흐리다]
[冒(모)뒤집어쓰다] [泥(니)진흙] [頹(퇴)무너지다] [視(시)견주
다] [僅(근)겨우]

---

8) 이곡(1298,충렬왕 24~1351,충정왕 3). 字는 仲父, 號는 稼亭. 백이정·정몽주·우탁(禹
倬)과 함께 經學의 대가로 꼽힌다. 1317년 擧子科에 합격, 예문관검열이 되었다. 1332년
원나라에서 정동성 鄕試에 수석, 殿試에 차석으로 급제했고, 원나라 문사들과 사귀었다.
1334년 귀국했다가 이듬해 다시 원나라에 가서 征東行中書省左右司員外郎 등의 벼슬을
거쳤고, 고려에서의 처녀 징발을 중지하도록 건의했다. 1344년 귀국, 이듬해 韓山君에 봉해
졌다. 李齊賢 등과 함께 〈編年綱目〉을 중수했고, 충렬왕·충선왕·충숙왕 3조의 실록편찬
에 참여했다. 문장이 뛰어나 원나라에서도 존경받았다.

[敢望其下體乎] 乎를 사용하여 반어문을 만듦

[種不苗 苗不葉 葉不舒] 주로 對偶를 이용하면서 앞의 어휘나 어구 또는 문장을 뒤에서 다시 받아 사용하여 쇠사슬 잇듯이 이어서 설득력을 강화시키는 連鎖 방법을 사용하고 있음

 경사의 복전방에서 빌린 집에 빈 터가 있어 고쳐서 작은 채소밭으로 만들었는데, 세로길이는 두 길 반이고 가로길이는 3분의 1이어서 가로와 세로 8·9휴로 만들어, 채소 몇 가지를 맛보려고 계절의 선후에 따라 번갈아 심으니, 부족한 겉절이를 보충할 만하였다. 첫 해에는 비오고 볕 나는 것이 제때에 맞아서 아침에 떡잎이 나면 저녁에 새잎이 나오고 잎이 윤택하고 뿌리가 기름져서 아침마다 캐어도 다하지 않으므로 나머지를 이웃 사람에게 나누어 주었다. 이태 되는 해에는 봄과 여름에 점점 가물어서 항아리로 물을 길어다가 부어 주어도 마치 타는 불에 물을 붓는 것 같았다. 그래서 심어도 싹이 트지 않고 싹이 터도 잎사귀가 나오지 못하고 잎이 나도 피어나지 못하여 벌레가 다 먹어 버렸으니, 감히 뿌리를 바랄 수가 있겠는가? 얼마 뒤에 장마가 져서 가을 늦게야 겨우 개어, 흙탕물에 빠지고 진흙 모래를 뒤집어쓰고 담 밑에 있는 땅은 모두 무너져 눌려서, 지난해에 먹은 것에 비교하면 겨우 절반밖에 되지 않았다. 삼 년 되는 해에는 이른 가뭄과 늦은 비가 모두 심하여, 먹은 것이 또 지난해의 반의 반이었다.

予嘗以小揆大 以近測遠 謂天下之利當耗其大半也 秋果不熟 冬

闕食 河南北民多流徙 盜賊竊發 出兵捕誅 不能止 及春 飢民雲集京師 都城內外 呼號丐乞 僵仆不起者相枕籍 廟堂憂勞 有司奔走 其所以設施救活無所不至 至發廩以賑之 作粥以食之 然死者已過半矣 由是物價湧貴 米斗八九千 今又自春末至夏至不雨 視所種荣如去年 未知從今得雨否 側聞宰相親詣寺觀禱雨 想必得之 然於予小圃 亦已晩矣 不出戶庭知天下 斯言信不誣 時至正乙酉五月十七日也

[한자풀이] [揆(규)헤아리다] [耗(모)덜다] [闕(궐)모자라다] [丐乞(개걸)빌어먹음] [僵仆(강부)넘어짐] [枕籍(침자)＝枕藉 이리저리 베고 자는 것으로, 많거나 혼란함을 뜻함] [廟堂(묘당)＝朝廷] [廩(름)창고] [賑(진)구휼하다] [粥(죽)죽] [湧貴(용귀)물가가 오름] [側聞(측문)어렴풋이 듣거나 풍문으로 들음] [詣(예)가다] [禱(도)빌다] [誣(무)속이다]

[어구풀이]

[今又自春末至夏至不雨] 自는 '～부터', 至는 '～까지'의 뜻임

[飢民雲集京師] 雲集은 '구름처럼 모이다'가 되어, 한자의 뜻이 확장되면서 명사인 雲이 때로 동사인 集 앞에서 '부사어'로 활용됨

[未知從今得雨否] 從은 '～부터'의 뜻이고, 否는 '인지? 아닌지?'의 뜻으로, "지금부터라도 비를 얻을 수 있을지 비를 얻을 수 없을지 모른다."의 뜻으로 풀이 됨

[국역] 내가 일찍이 작은 것으로 큰 것을 헤아리고 가까운 것으로 먼 것을 추측하여, 천하의 이익이 마땅히 그 태반은 없어졌을 것이라고 생각하였다. 가을에 과연 익지 않아 겨울에 먹을 것

이 없어서 하남·하북의 백성들이 옮겨 가는 자가 많고, 도적들이 몰래 일어나서 군사를 출동시켜 잡아 베었으나 종식시킬 수가 없었다. 봄이 되어 주린 백성들이 경사에 구름처럼 모여 도성 안팎에서 울부짖으며 구걸하느라 넘어져서 일어나지 못하는 자가 깔고 벨 정도로 많았다. 조정에서는 근심하고 노력하며 유사들은 이리저리 분주하여, 베풀어 구제하여 살리는 것이 이르지 않는 것이 없었다. 창고를 열어 진휼하고 죽을 쑤어 먹이기까지 하였으나, 죽는 자가 이미 반이 넘었다. 이 때문에 물가가 뛰어서 쌀 1말에 8·9천 냥이나 되었다. 지금 또 늦은 봄부터 하지 때까지 비가 오지 않아서 심은 채소를 보면 지난해와 같으니, 이제부터라도 비가 오려는지 알 수 없다. 풍문을 듣자니, 재상이 친히 절이나 道觀에 나아가서 비 오기를 빈다니, 생각하건대 반드시 비를 얻을 것이다. 그러나 나의 작은 채소밭은 역시 이미 늦었다. 문과 뜰에 나가지 않고도 천하를 안다는 이 말이 참으로 거짓말이 아니로다. 때는 지정 을유년(1345년, 충목왕 1년) 5월 17일이다.

漢文 文章의 實例

1) 『大學』9)

* 大學之道는 在明明德하며 在親民하며 在止於至善이니라

[한자풀이] [親: 親은 新으로 해석함(註 – 程子曰 親當作新)] [止(지)
머무르다] [至(지)지극하다]

[어구풀이]

[大學之道] 之는 어조사로 '～의'의 뜻. 大學은 大人의 학문
을 말함

[明德] 사람이 하늘에서 얻은 것으로, 虛靈하고 어둡지 않아서
여러 이치를 갖추고 萬事에 응하는 것

[在止於至善] 복문인 것 같으나 단문임. 至善은 事理의 당연
한 표준

---

9) 이 책은 원래 『禮記』의 한 편이었는데, 유교의 重要經傳으로 인식되어 단행본으로 만들어
지기 시작하였다. 子思가 이 책의 대부분을 記述하였을 것이라 추측하고 있다. 子思(BC
483～402)는 중국의 철학자로, 孔伋이며, 孔子의 손자이다.

[국역] 『대학』의 도는 밝은 덕을 밝힘에 있으며, 백성을 새롭게 함
에 있으며, 지극한 선에 그침에 있다.

＊知止而后에 有定이니 定而后에 能靜하고 靜而后에 能安
하고 安而后에 能慮하고 慮而后에 能得이니라

[한자풀이] [后(후)뒤] [定(정)정하다(그칠 곳을 안다면 뜻이 정한 방
향이 있음: 註 − 知之 則志有定向)] [靜(정)고요하다(마음이 망
령되게 움직이지 않음: 註 − 靜謂心不妄動)] [慮(려)생각하다
(일을 처리하기를 정밀하고 상세히 함: 註 − 慮謂處事精詳)]
[得(득)얻다(그 그칠 곳을 얻음: 註-得謂得其所止)]

[어구풀이]

[知止而后] 而는 以의 용법과 같아서 「방위＋以」의 경우 시
간·범위를 나타내는데, '…로부터'라고 해석함

[知止而后有定 定而后能靜 靜而后能安 安而后能慮 慮而后
能得] 주로 對偶를 이용하면서 앞의 어휘나 어구 또는 문장을
뒤에서 다시 받아 사용하여 쇠사슬 잇듯이 이어서 설득력을
강화시키는 連鎖 방법을 사용하고 있음

[국역] 그칠 데를 안 뒤에 定함이 있으니, 定한 뒤에 고요할 수 있
고, 고요한 뒤에 편안할 수 있고, 편안한 뒤에 생각할 수 있
고, 생각한 뒤에 얻을 수 있다.

＊物有本末하고 事有終始하니 知所先後면 則近道矣리라

[어구풀이]

[物有本末 事有終始] 對偶의 修辭를 사용함

[知所先後 則近道矣] 則자를 사용하여 假定文을 만들었음

[국역] 물건에는 본과 말이 있고 일에는 끝과 시작이 있으니, 먼저
하고 뒤에 할 것을 알면 도에 가까울 것이다.

* 古之欲明明德於天下者는 先治其國하고 欲治其國者는
先齊其家하고 欲齊其家者는 先修其身하고 欲修其身者는
先正其心하고 欲正其心者는 先誠其意하고 欲誠其意者는
先致其知하니 致知는 在格物하니라

[한자풀이] [齊(제)가지런하다] [致(치)이르다(미루어 극진한데까지
이름: 致 推極也)] [格(격)이르다(격물은 사물의 이치를 궁구하
여 그 극처에 이르지 않음이 없고자 하는 것: 註 – 格物 窮至
事物之理 欲其極處無不到也)]

[국역] 옛날 밝은 덕을 천하에 밝히고자 하는 자는 먼저 그 나라
를 다스리고, 그 나라를 다스리고자 하는 자는 먼저 그 집안
을 가지런히 하고, 그 집안을 가지런히 하고자 하는 자는 먼
저 그 몸을 닦고, 그 몸을 닦고자 하는 자는 먼저 그 마음을
바르게 하고, 그 마음을 바르게 하고자 하는 자는 먼저 그 뜻
을 성실히 하고, 그 뜻을 성실히 하고자 하는 자는 먼저 그
지식을 지극히 하였으니, 지식을 지극히 함은 사물의 이치를
궁구함에 있다.

* 苟日新이어든 日日新하고 又日新하라

[한자풀이] [苟(구)진실로]

[어구풀이]

[苟日新 日日新 又日新] 話者가 聽者에게 어떤 행동을 하도
록 요구하거나 요청하는 문장인 命令文임. 또한 日이 명사였

으나 부사적으로 활용되었음

국역 진실로 어느 날에 새로워졌거든 나날이 새롭게 하고 또 날
로 새롭게 하라.

＊詩云 綿蠻黃鳥여 止于丘隅라하여늘 子曰 於止에 知其所
止로소니 可以人而不如鳥乎아하시니라

한자풀이 [詩:『詩經』으로, 上古의 詩를 모은 책으로, 본래 3천여
수인 것을 孔子가 311편으로 刪定함] [云(운)이르다] [綿(면)새
우는 소리] [蠻(만)새소리] [丘(구)언덕] [隅(우)모퉁이]

어구풀이

[可以人而不如鳥乎] 乎가 반어의 語氣를 나타내므로 반어문
임. 不如는 '～만 못하다'의 뜻

국역 『시경』에 이르기를 "짹짹 우는 황조여, 언덕에 멈춰있다."하
였는데, 공자께서 말씀하시기를 "그침에 있어 그 그칠 곳을 아
니, 사람으로서 새만 못해서야 되겠는가?"하셨다.

＊小人閒居에 爲不善호되 無所不至하다가 見君子而后에 厭
然揜其不善하고 而著其善하나니 人之視己 如見其肺肝然
이니 則何益矣리오 此謂誠於中이면 形於外라 故로 君子
는 必愼其獨也니라

한자풀이 [厭(염)싫어하다] [揜(엄)가리다] [著(저)드러나다] [肺(폐)
허파] [肝(간)간] [愼(신)삼가다]

어구풀이

[小人閒居] 小人은 君子와 대비되는 말. 閒居＝獨處

[無所不至] 無와 不을 함께 써서 이중부정을 만들었음

[厭然揜其不善] 여기서 然은 의성어나 의태어의 역할을 함

[人之視己 如見其肺肝然] '如~然'은 '~인 듯하다'의 뜻으로 比喩의 修辭가 쓰임

[則何益矣] 矣는 일반적으로 動的이고 상황을 반영하는 서술구나 묘사구에 많이 쓰이나, 何와 같은 의문사와 함께 쓰여 의문을 나타내기도 함

[국역] 소인이 홀로 거처할 때에 不善한 짓을 하는데 이르니 못하는 짓이 없다가, 군자를 본 뒤에 겸연쩍게 그 不善함을 가리고 그 善함을 드러내니, 남들이 자기를 보기를 자신의 폐와 간을 보듯이 할 것이니, 그렇다면 무슨 유익함이 있겠는가? 이것을 일러 '중심에 성실하면 밖으로 나타난다.'고 하는 것이다. 그러므로 군자는 반드시 그 홀로 있을 때를 삼가는 것이다.

＊**富潤屋**이요 **德潤身**하니 **心廣體**胖이라

[한자풀이] [潤(윤)윤택하다] [屋(옥)집] [廣(광)넓다] [胖(반)펴지다 (註 – 胖 安舒也)]

[어구풀이]

[富潤屋 德潤身] 對偶의 修辭가 쓰임

[心廣體胖] '마음이 넓으면 몸이 살찐다.'로 풀이하기도 함

[국역] 부는 집을 윤택하게 하고, 덕은 몸을 윤택하게 하니, (善이 있으면) 마음이 넓어지고 몸이 펴진다.

＊**身有所忿**懥면 **則不得其正**하며 **有所恐懼**면 **則不得其正**하며 **有所好樂**면 **則不得其正**하며 **有所憂患**이면 **則不得其正**이니라

[한자풀이] [身: 身은 心이 되어야 함(註 – 身當作心)] [忿(분)성내
다] [懥(치)성내다] [懼(구)두려워하다] [樂(요)좋아하다 요]

[어구풀이]

[有所恐懼 則不得其正] 앞에 '身'이 나왔기 때문에 이후의
문장에서는 생략함. 則자를 사용하여 假定文을 만들었음. 이
후의 문장도 동일함

[국역] 마음에 성내는 것이 있으면 그 바름을 얻지 못하고, (마음
에) 두려워하는 것이 있으면 그 바름을 얻지 못하고, (마음에)
좋아하는 것이 있으면 그 바름을 얻지 못하고, (마음에) 근심
하는 것이 있으면 그 바름을 얻지 못한다.

* **好而知其惡**하며 **惡而知其美者**는 **天下鮮矣**니라

[한자풀이] [惡(오)미워하다] [鮮(선)드물다]

[어구풀이]

[好而知其惡 惡而知其美者 天下鮮矣] 複句처럼 보이지만 單
文으로, '好而知其惡 惡而知其美者'는 주어의 성분임

[국역] 좋아하면서도 그의 나쁨을 알며, 미워하면서도 그의 아름다
움을 아는 자는 천하에 드물다.

* **心誠求之**면 **雖不中**이나 **不遠矣**라

[한자풀이] [誠(성)진실로] [中(중)맞다]

[국역] 마음속으로 진실로 그것을 구하면, 비록 꼭 맞지는 않아도
멀지 않을 것이다.

＊一言이 僨事며 一人이 定國이니라

[한자풀이] [僨(분)그르치다] [定(정)안정시키다]

[어구풀이]

  [一言僨事 一人定國] 둘 다 주술빈 구조를 이루고 있으며, 동시에 對偶를 이룸

[국역] 한 마디 말이 일을 그르치며, 한 사람이 나라를 안정시킨다.

＊君子는 有諸己而後에 求諸人하며 無諸己而後에 非諸人하나니라

[한자풀이] [諸(저)之於의 준말] [非(비)비방하다]

[어구풀이]

  [無諸己而後 非諸人] 주어인 君子가 생략된 문장임. 諸의 之는 대명사로 쓰였음

[국역] 군자는 자기에게 善이 있은 뒤에 남에게 善을 요구하며, (군자는) 자기에게 惡이 없은 뒤에 남에게 惡을 비난한다.

＊得衆則得國하고 失衆則失國이니라

[어구풀이]

  [得衆則得國 失衆則失國] 則를 사용하여 가정문을 만들었으며, 修辭에 있어서는 對偶의 수법을 사용하였음

[국역] 대중을 얻으면 나라를 얻고, 대중을 잃으면 나라를 잃는다.

＊德者는 本也요 財者는 末也니 外本內末이면 爭民施奪이니라

[한자풀이] [爭(쟁)다투다] [施(시)베풀다] [奪(탈)빼앗다]

[어구풀이]

[德者本也 財者末也] 둘 다 주술구조이며, 修辭에 있어서는 對偶를 이룸

[外本 內末] 둘 다 술빈관계이며, 對偶를 이룸

국역 덕은 근본이요 재물은 말단이니, 근본을 밖으로 하고 말단을 안으로 하면 백성을 다투게 하여 빼앗음을 베푸는 것이다.

＊財聚則民散하고 財散則民聚니라

한자풀이 [財(재)재물] [聚(취)모이다] [散(산)흩어지다]

국역 재물이 모이면 백성이 흩어지고, 재물이 흩어지면 백성이 모인다.

＊言悖而出者는 亦悖而入하고 貨悖而入者는 亦悖而出이니라

한자풀이 [悖(패)어그러지다] [貨(화)재화]

어구풀이

[言悖而出者] 者는 앞에 있는 '言悖而出'의 수식을 받아 '～것'의 의미로 쓰였음

국역 말이 어긋나게 나간 것은 또한 어긋나게 들어오고, 재물이 어긋나게 들어온 것은 또한 어긋나게 나가는 것이다.

＊見賢而不能擧하며 擧而不能先이 命也요 見不善而不能退하며 退而不能遠이 過也니라

한자풀이 [能(능)～할 수 있다] [擧(거)기용하다] [命: 慢이 되어야 함(註－命當作慢)] [退(퇴)물리치다]

어구풀이

[見賢而不能擧 擧而不能先 命也] 對偶를 이용하면서 앞의

어휘나 어구 또는 문장을 뒤에서 다시 받아 사용하여 쇠사슬 잇듯이 이어서 설득력을 강화시키는 連鎖의 수사법임. 그리고 複文처럼 보이지만 '見賢而不能擧 擧而不能先'은 주어의 성분으로 쓰여 單文임

[국역] 어진 이를 보고도 기용할 수 없으며 기용하기는 하나 먼저 할 수 없음이 태만함이요, 不善한 자를 보고도 물리칠 수 없으며 물리치기는 하나 멀리할 수 없음이 잘못이다.

＊**好人之惡**하며 **惡人之好**를 **是謂拂人之性**이라 **菑必逮夫身**이니라

[한자풀이] [拂(불)거스르다] [菑(재)＝災 재앙] [逮(태)미치다] [夫(부)저]

[어구풀이]

[好人之惡] 之는 '가다, ～의, 그것, 은/는, 을/를' 등의 용법으로 쓰이는데, 여기서는 '은/는'의 뜻으로 쓰임

[是謂拂人之性] 목적어가 서술어 앞으로 나아가 도치가 됨

[국역] 남이 미워하는 것을 좋아하며 남이 좋아하는 것을 미워하는 것, 이것을 사람의 성품을 거스른다고 하는 것이니, (이러한 자는) 재앙이 반드시 그 몸에 미칠 것이다.

＊**君子有大道**하니 **必忠信以得之**하고 **驕泰以失之**니라

[한자풀이] [驕(교)교만하다] [泰(태)교만하다(註－泰者侈肆也)]

[어구풀이]

[必忠信以得之 驕泰以失之] 以는 일반적으로 명사류 앞에 위치하나 강조의 의미를 덧붙일 경우 명사류 뒤에 놓이기도 함

[국역] 군자는 큰 도가 있으니, 반드시 忠과 信으로써 그것을 얻고 교만함과 방자함으로써 그것을 잃는다.

* **仁者**는 **以財發身**하고 **不仁者**는 **以身發財**니라

[한자풀이] [財(재)재물] [發(발)일으키다]

[어구풀이]

[仁者以財發身] '以財'는 부사어로 이 문장은 주술빈 구조이다. 그런데 '仁者發身以財'가 되면 '以財'는 보어가 되어 주술빈보 구조가 됨

[국역] 仁者는 재물로써 몸을 일으키고, 不仁者는 몸으로써 재물을 일으킨다.

2) 『論語』10) 「學而」

* **子曰 學而時習之**면 **不亦說乎**아 **有朋自遠方來**면 **不亦樂乎**아 **人不知而不慍**이면 **不亦君子乎**아

[한자풀이] [說(열)기쁘다] [自(자)~부터] [樂(락)즐겁다] [慍(온)성내다]

[어구풀이]

[子曰] '孔子曰'을 줄인 형태

[學而時習之] 之는 대명사로 '學'을 가리킴

---

10) 이 책은 孔子의 언행을 기록한 책으로, 공자의 제자인 曾子나 有子나 그의 제자들에 의해 편집된 것으로 추정하고 있다. 孔子는 중국 春秋時代의 교육자·철학자·정치사상가요, 유교의 開祖이다. 본명은 孔丘. 자는 仲尼. 魯나라에서 태어났다.

[學而時習之 不亦說乎] 假定詞가 없어도 의미상 가정문으로 풀어야 함

[不亦說乎] 乎가 반어의 語氣를 나타내므로 이 문장은 반어문임

[有朋自遠方來] 有는 '있다'로도 쓰이나 '어떤'이라는 의미도 있음. '어떤 벗이 먼 곳으로부터 오다.'로 풀이 됨

[국역] 공자(孔子)께서 말씀하셨다. "배우고 그것을 때때로 익히면 기쁘지 않겠는가? 어떤 벗이 먼 지방으로부터 찾아온다면 즐겁지 않겠는가? 사람들이 알아주지 않더라도 성내지 않는다면 君子가 아니겠는가?"

＊有子曰 其爲人也孝弟요 而好犯上者鮮矣니 不好犯上이요 而好作亂者未之有也니라 君子는 務本이니 本立而道生하나니 孝弟也者는 其爲仁之本與인저

[한자풀이] [弟 = 悌(제)공경하다] [鮮(선)드물다] [務(무)힘쓰다] [與 = 歟(여)어조사]

[어구풀이]

[有子] 공자의 제자인 有若임. 子는 남자의 美稱

[其爲人也孝弟] 爲人은 사람됨의 뜻임. 也는 주어나 부사 뒤에 쓰여 어기를 한 번 잡아 늘림으로써 강조를 나타내며, '～는/이'로 해석하거나 해석할 필요가 없음

[孝弟也者] 也者는 句中에서 정지와 제지를 나타내고, '～는/이'로 해석하거나 해석할 필요가 없음

[국역] 유자가 말하였다. "그 사람됨이 효도하고, 공경스러우면서 윗사람을 범하기를 좋아하는 자는 드무니, 윗사람을 범하기를

좋아하지 않고서 난을 일으키기를 좋아하는 자는 있지 않다. 군자는 근본에 힘쓰니, 근본이 확립되면 도가 저절로 발생하는 것이다. 효와 제라는 것은 그것이 인을 행하는 근본일 것이다."

* **子曰 巧言令色**이 **鮮矣仁**이니라

[한자풀이] [巧(교)겉만 번드르르하게 꾸밈] [令(령)아름답다]

[어구풀이]

[鮮矣仁] 仁鮮矣의 도치문임

[국역] 孔子께서 말씀하셨다. "말을 교묘하게 잘하고 얼굴빛을 곱게 하는 사람 중에 인한 이가 드물다."

* **曾子曰 吾日三省吾身**하노니 **爲人謀而不忠乎**아 **與朋友交而不信乎**아 **傳不習乎**이니라

[한자풀이] [省(성)살피다] [爲(위)위하다]

[어구풀이]

[曾子] 孔子의 제자로 이름은 參, 자는 子輿임

[吾日三省吾身] 三에 대한 해석이 여러 가지인데, '많다'라고 풀이하기도 하고, '세 가지'로 풀이하기도 함

[傳不習乎] 傳을 빈어로 보는 것이 일반적이나, 서술어로 보아 '익히지 않은 것을 전해주었는가?'라고 풀이하기도 함. 乎는 의문을 나타내는 어조사임

[국역] 曾子가 말씀하였다. "나는 날마다 세 가지로 내 몸을 살피나니, '남을 위하여 일을 도모해 줌에 충성스럽지 못한가? 붕우와 더불어 사귐에 성실하지 못한가? 傳受받은 것을 복습하지 않는가?' 이다."

＊子曰 道千乘之國하되 敬事而信하며 節用而愛人하며 使
民以時니라

[한자풀이] [道＝導(도)이끌다] [節(절)아끼다] [使(사)부리다] [時(시)
제때]

[어구풀이]

[千乘之國] 乘은 甲士 3명, 步兵 72명, 취사병 25명, 말 4필
을 합친 것임. 千乘之國은 제후의 나라를 말함

[節用而愛人 使民以時] 人과 民은 일반적으로 '백성'으로 풀
이하는데, 人을 民(피지배층)에 대비하여 지배계층으로 풀이하
기도 함

[국역] 孔子께서 말씀하셨다. "천승의 나라를 이끌되 일을 공경하
고 믿게 하며 쓰기를 절약하고 백성을 사랑하며, 백성을 부리
기를 제때에 하여야 한다."

＊子曰 弟子入則孝하고 出則弟하며 謹而信하며 汎愛衆하되
而親仁이니 行有餘力이어든 則以學文이니라

[한자풀이] [弟＝悌] [謹(근)삼가다] [汎(범)넓다]

[어구풀이]

[弟子入則孝 出則弟] 入과 出 뒤에 家가 생략된 문장임. 또
한 則을 사용하여 가정문을 만듦

[則以學文] 以之學文이어야 하는데, 以 뒤에 이 말과 결합된
하나의 성분인 之가 생략됨.

[국역] 孔子께서 말씀하셨다. "제자가 (집에) 들어가서는 효도하고
(집을) 나와서는 공손하며, (행실을) 삼가고 (말을) 성실하게 하
며, 널리 사람들을 사랑하되 인한 이를 친히 해야 하니, (이것

을) 행하고도 남은 힘이 있으면 이로써 글을 배워야 한다.”

＊子夏曰 賢賢하되 易色하며 事父母하되 能竭其力하며 事君하되 能致其身하며 與朋友交하되 言而有信이면 雖曰未學이라도 吾必謂之學矣라하리라

[한자풀이] [竭(갈)다하다] [事(사)섬기다] [致(치)다하다]

[어구풀이]

[子夏] 공자의 제자로 성은 卜이고 이름은 商

[賢賢 易色] 앞의 賢은 본디 ‘현명하다’란 뜻의 형용사이나, 여기서는 ‘현명하게 여기다’라는 동사로 轉成하였다. 色을 여자로 보는 경우도 있고, 얼굴색으로 보아 ‘얼굴색을 고쳐라’라고 풀이하기도 함. 또 易을 ‘바꾸다’가 아니라 ‘경시하다’로 풀이해 ‘색을 가볍게 여겨라’라고 풀이하기도 함

[국역] 子夏가 말하였다. “어진이를 어질게 여기되 색을 좋아하는 마음과 바꿔하며, 부모를 섬기되 그 힘을 다할 수 있어야 하며, 임금을 섬기되 그 몸을 바칠 수 있어야 하며, 붕우와 더불어 사귀되 말함에 성실함이 있으면, 비록 배우지 않았다고 말하더라도 나는 반드시 그를 배웠다고 말하겠다.”

＊子曰 君子不重則不威니 學則不固니라 主忠信하며 無友不如己者요 過則勿憚改니라

[한자풀이] [威(위)위엄] [主(주)주로하다] [憚(탄)꺼리다]

[어구풀이]

[不重則不威 學則不固] 두 구를 對偶로 보고 ‘무겁지 않으면 위엄이 없고, 배우면 완고하지 않게 된다’로 풀이하기도 함

[無友不如己者] 無는 '없다'는 의미이지만, 부정사는 뜻을 서로 공유하기도 하기 때문에 여기서는 勿의 뜻인 '~하지 말라'의 의미임. 不如는 '~만 못하다'는 뜻임

[국역] 孔子께서 말씀하셨다. "군자는 무겁지 않으면 위엄이 없으니, 배우더라도 견고하지 못하다. 충과 신을 주로 하며, 자기만 못한 자를 벗으로 삼으려 하지 말고, 허물이 있으면 고치기를 꺼려하지 말아야 한다."

＊曾子曰 愼終追遠이면 民德이 歸厚矣리라

[한자풀이] [愼(신)삼가다] [追(추)쫓다] [矣(의)필연을 나타내며, 반드시 어떤 일이 이루어짐을 단정함]

[어구풀이]

[愼終] 喪이 났을 때 그 예를 다하는 것

[追遠] 제사 때 그 정성을 다하는 것

[국역] 曾子가 말씀하였다. "마지막을 삼가고 멀리 돌아가신 분을 추모하면 백성의 덕이 두터운 곳(仁)으로 돌아갈 것이다."

＊子禽이 問於子貢曰 夫子至於是邦也하사 必聞其政하시나니 求之與아 抑與之與아 子貢曰 夫子는 溫良恭儉讓以得之시니 夫子之求之也는 其諸異乎人之求之與인저

[한자풀이] [抑(억)아니면] [讓(양)겸손하다] [其諸:아마]

[어구풀이]

[子禽] 공자의 제자로 성은 陳, 이름은 亢

[子貢] 공자의 제자로 성은 端木, 이름은 賜

[求之與 抑與之與] 의문 어조사인 與(＝歟)로 인해 의문문이 됨

[夫子之求之也] 'A之B也'는 'A가 B하는 것은, A가 B할 때'의 의미임

국역 子禽이 子貢에게 물었다. "夫子께서 이 나라에 이르셔서는 반드시 그 政事를 들으실 것이니, 구해서 되는 것입니까? 아니면 주어서 되는 것입니까?" 子貢이 말하였다. "夫子는 온순하고 어질고 공손하고 검소하고 겸양하여 이것을 얻으시는 것이니, 夫子께서 그것을 구하신 것은 아마 남들이 그것을 구하는 것과는 다를 것이다."

＊子曰 父在에 觀其志요 父沒에 觀其行이니 三年을 無改於父之道라야 可謂孝矣니라

국역 孔子께서 말씀하셨다. "아버지가 살아 계실 때에는 그(자식)의 뜻을 관찰하고 아버지가 돌아가셨을 때에는 그(자식)의 행동을 관찰하는 것이니, 3년 동안 아버지의 道(행동, 일)를 고친 것이 없어야 효자라 이를 수 있는 것이다."

＊有子曰 禮之用이 和爲貴하니 先王之道 斯爲美라 小大由之니라 有所不行하니 知和而和요 不以禮節之면 亦不可行也니라

한자풀이 [斯(사)이] [節(절)조절하다]

어구풀이

[和爲貴 斯爲美] 둘 다 앞에 以가 생략된 형태로 「以A爲B」의 구문임

[不以禮節之 亦不可行也] 假定詞가 없어도, 의미상 가정문으로 풀이해야 함(주로 부정문일 경우 假定의 형태를 많이 가짐)

[국역] 有子가 말하였다. "예의 用은 조화를 귀함으로 삼으니, 선왕의 도는 이것을 아름답게 여겼다. 그리하여 작은 일과 큰 일에 모두 이것을 따른 것이다. 행하지 못할 것이 있으니, 조화를 알아서 조화만 하고, 예로써 절제하지 않는다면 이 또한 행할 수 없는 것이다."

＊有子曰 信近於義면 言可復也며 恭近於禮면 遠恥辱也며 因不失其親이면 亦可宗也니라

[한자풀이] [信(신):約信] [復(복)실천하다] [辱(욕)욕되다]

[어구풀이]

[信近於義 言可復也] 假定詞가 없어도 가정문임. 다음 구절도 동일함

[因不失其親 亦可宗也] 因은 '의지하다, 기대다'의 뜻이고, 宗은 主와 같은 뜻임. '(주인으로) 기댈 때 그 친할 만한 사람을 잃지 않으면 또한 그 사람을 종주로 삼을 수 있다.'는 뜻임

[국역] 有子가 말하였다. "약속이 의리에 가까우면 그 약속한 말은 실천할 수 있으며, 공손함이 예에 가까우면 치욕을 멀리 할 수 있으며, 주인을 정할 때에 그 친할 만한 사람을 잃지 않으면 또한 그 사람을 끝까지 종주로 삼을 수 있는 것이다."

＊子曰 君子는 食無求飽하며 居無求安하며 敏於事而愼於言이요 就有道而正焉이면 可謂好學也已니라

[한자풀이] [飽(포)배부르다] [敏(민)민첩하다] [可(가)할만하다]

[어구풀이]

[食無求飽 居無求安 敏於事而愼於言] 둘 다 對偶를 사용하

고 있음

[就有道而正焉] 焉은 於之의 준말임. 之는 대명사로 有道를
가리킴

[也已] 也는 단정을 나타내고, 已는 일의 발전 변화를 나타내
며, 중점은 끝에 있는 已에 있음

[국역] 孔子께서 말씀하셨다. "군자는 먹음에 배부름을 구하지 않
으며, 거처할 때에 편안함을 구하지 않으며, 일에 민첩하고 말
에 신중하며, 도가 있는 이에게 나아가서 그에게 (자신을) 바
로잡는다면 학문을 좋아한다고 이를 만하다."

* 子貢曰 貧而無諂하며 富而無驕하면 何如하니잇고 子曰
可也나 未若貧而樂하며 富而好禮者也니라 子貢曰 詩云
如切如磋하며 如琢如磨라하니 其斯之謂與인저 子曰 賜也
는 始可與言詩已矣로다 告諸往而知來者온여

[한자풀이] [諂(첨)아첨하다] [驕(교)교만하다] [可(가)괜찮다] [磋(차)
갈다] [琢(탁)쪼다] [磨(마)갈다] [諸(저)之於의 준말]

[어구풀이]

[何如] '어떠한가?'의 의미로, 「의문사＋他詞」의 형태가 되어
의문문을 만듦

[未若] ＝不若＝不如

[如切如磋 如琢如磨] 比喩의 修辭가 쓰임

[其斯之謂與] '其~與(歟)'는 추측의 의미를 지님. 斯之謂는
빈어과 서술어가 도치됨

[국역] 子貢이 말하였다. "가난하되 아첨함이 없으며, 부유하되 교
만함이 없으면 어떻습니까?" 공자께서 말씀하시기를 "괜찮으

나 가난하면서도 즐거워하며, 부하면서도 예를 좋아하는 자만
은 못하다.” 하셨다. 자공이 말하였다. “『詩經』에 ‘절단해 놓
은 듯하며, 다시 그것을 간 듯하며, 쪼아놓은 듯하며, 다시 그
것을 간 듯하다.’ 하였으니, 혹시 이것을 말하는 것입니까?”
공자께서 말씀하셨다. “사는 비로소 더불어 시를 말할 만하구
나! 지나간 것을 말해주자 올 것(말해주지 않은 것)을 아는 사
람 이구나.”

* 子曰 不患人之不己知요 患不知人也니라

[어구풀이]

[不患人之不己知] 不患의 不은 ‘아니다’의 뜻이 아니라 ‘∼
말라’의 금지의 의미로 쓰임. 不己知의 정상적인 어순은 不知
己가 되어야 하나, 부정문에서 지시대명사나 인칭대명사가 빈
어로 쓰일 경우는 빈어가 서술어 앞에 와서 도치가 됨

[患不知人也] 己之가 생략된 문장으로, 온전한 문장은 患己
之不知人也임

[국역] 孔子께서 말씀하셨다. “남이 자기를 알아주지 못함을 걱정
하지 말고, (내가) 남을 알지 못함을 걱정해야 한다.”

3) 『中庸』11)

＊君子는 戒愼乎其所不睹하며 恐懼乎其所不聞이니라

[한자풀이] [戒(계)경계하다] [乎＝於 ~에서] [睹(도)보다] [懼(구)두려워하다]

[어구풀이]

[其所不睹] 所는 뒤에서 수식이 가능하므로 '그 보지 못하는 곳'으로 풀이 됨

[戒愼乎其所不睹 恐懼乎其所不聞] 對偶의 修辭를 사용하고 있음

[국역] 군자는 그 보지 못하는 곳에서 경계하고 삼가며, 그 듣지 못하는 곳에서 두려워한다.

＊仲尼曰 君子는 中庸이요 小人은 反中庸이니라

[한자풀이] [仲尼(중니) 孔子의 字] [中庸(중용) 중용은 편벽되지 않고 치우치지 아니하여 過와 不及이 없어서 평상한 이치임(註－中庸者 不偏不倚無過不及 而平常之理)] [反(반)반대로 하다]

[국역] 중니께서 말씀하시길 "군자는 중용을 하고, 소인은 중용에 반대로 한다."하셨다.

＊人莫不飮食也언마는 鮮能知味也니라

[한자풀이] [莫(막)없다] [鮮(선)드물다]

---

11) 이 책은 四書의 하나로 『禮記』의 한 편이었으며, 孔子의 손자 子思가 지었다고 전해진다. 子思의 이름은 伋으로, 孔子의 손자며, 자사는 字이고, 曾參에게서 배웠다.

[人莫不飮食也] 莫과 不 두 개의 부정을 사용하여 이중부정을 만듦

[鮮能知味也] 鮮이 서술어고 뒤에 能知味也가 보어가 되어 술보 구조를 이룸

국역 사람 중에 먹고 마시지 않는 이가 없지만, 맛을 알 수 있는 이는 드물다.

* 子曰 天下國家는 可均也며 爵祿은 可辭也며 白刃은 可蹈也로되 中庸은 不可能也니라

한자풀이 [均(균)고르다(註-均 平治也)] [爵(작)벼슬] [祿(록)봉록] [辭(사)사양하다] [刃(인)칼날] [蹈(도)밟다]

어구풀이

[可均也] 可라는 가능의 조동사가 쓰여 '평등하게 다스릴 수 있다.'로 풀이 됨

[中庸 不可能也] 不자가 쓰여 부정문이 됨

국역 공자께서 말씀하시길 "천하와 국가는 평등하게 다스릴 수 있으며, 벼슬과 봉록은 사양할 수 있으며, 흰 칼날은 밟을 수 있으나, 중용은 능할 수 없다."하셨다.

* 君子는 和而不流니라

어구풀이

[君子和而不流] 君子和와 君子不流의 두 문장을 접속사인 而가 역접으로 이어주고 있음

국역 군자는 조화로우나 따라 흐르지 않는다.

＊詩云 鳶飛戾天이어늘 魚躍于淵이라하니 言其上下察也니라

[한자풀이] [鳶(연)솔개] [戾(려)이르다] [躍(약)뛰다] [淵(연)못] [察(찰)＝著 드러나다]

[국역] 『시경』에 이르기를 “솔개는 날아 하늘에 이르는데 물고기는 연못에서 뛰어논다.”하였으니, 위아래에 (이치가) 드러남을 말한 것이다.

＊子曰 道不遠人이라

[주석] 공자께서 말씀하시길 “도는 사람에게서 멀리 있지 않다.”하셨다.

＊君子之道四에 丘未能一焉이로니 所求乎子로 以事父를 未能也하며 所求乎臣으로 以事君을 未能也하며 所求乎弟로 以事兄을 未能也하며 所求乎朋友로 先施之를 未能也니라

[한자풀이] [丘(구)孔子의 이름] [焉(언)於＋之의 준말] [求(구)바라다] [事(사)섬기다] [施(시)베풀다]

[어구풀이]

[所求乎子 以事父 未能也] 빈어인 所求乎子以事父가 서술어인 未能也 앞에 있어 도치가 된 문장임

[所求乎朋友 先施之 未能也] 之는 대명사로 所求乎朋友를 가리킴

[국역] 군자의 도가 네 가지인데, 나는 그 중에 한 가지도 능하지 못하다. 자식에게 바라는 것으로써 부모를 섬김을 능하지 못하며, 신하에게 바라는 것으로써 군주를 섬김을 능하지 못하며,

동생에게 바라는 것으로써 형을 섬김을 능하지 못하며, 친구
에게 바라는 것으로 (내가) 먼저 베풂을 능하지 못하다.

＊在上位하여 不陵下하며 在下位하여 不援上이요 正己而不
求於人이면 則無怨이니 上不怨天하며 下不尤人이니라
[한자풀이] [陵(릉)능멸하다] [援(원)당기다] [尤(우)탓하다]
[어구풀이]

　　[正己而不求於人 則無怨] 則자가 있어 假定文이 됨

　　[上不怨天 下不尤人] 不자가 있어 부정문이 되었으며, 對偶
　　의 修辭가 사용됨
[국역] (군자는) 윗자리에 있으면서 아랫사람을 능멸하지 않으며, 아
　　랫자리에 있으면서 윗사람을 잡아당기지 않고, 자기를 바르게
　　하고 남에게 요구하지 않으면 원망하는 이가 없을 것이니, 위로
　　는 하늘을 원망하지 않으며 아래로는 사람을 탓하지 않는다.

＊君子는 居易以俟命하고 小人은 行險以徼幸이니라
[한자풀이] [易(이)평이하다(居易: 현재의 위치에 따라 행함: 註－居易
　　素位而行也)] [俟(사)기다리다] [險(험)위험] [徼(요)구하다]
　　[幸(행)요행]
[어구풀이]

　　[居易以俟命] 以는 접속사 而와 같은 용법으로도 쓰임

　　[行險以徼幸] 行險와 徼幸은 모두 서술어＋빈어로 된 술빈관계임
[국역] 군자는 평이함에 있으면서 천명을 기다리고, 소인은 위험한
　　것을 행하면서 요행을 바란다.

＊**君子之道**는 辟**如行遠必自邇**하며 辟**如登高必自卑**니라

[한자풀이] [辟(비)비유하다] [自(자)~부터] [邇(이)가깝다] [卑(비)
낮다]

[어구풀이]

[君子之道] 之는 어조사로 '~의, ~한'의 의미로 쓰임

[辟如行遠必自邇 辟如登高必自卑] 辟如는 '비유하자면 ~과 같
다'로, 比喩의 修辭가 쓰임

[行遠必自邇] 假定詞나 則자가 없어도 가정문으로 풀이해야 함

[국역] 군자의 도는 비유하자면 먼 곳에 가려면 반드시 가까운 곳
으로부터 함과 같고, 비유하자면 높은 곳에 오르려면 반드시
낮은 곳으로부터 함과 같다.

＊**大德**은 **必得其位**하며 **必得其祿**하며 **必得其名**하며 **必得其
壽**니라

[한자풀이] [祿(록)봉록] [壽(수)장수 (註 - 舜年百有十歲)]

[어구풀이]

[大德 必得其位] 大德은 주어, 必得는 서술어, 其位는 빈어로
주술빈 구조로 이루어 짐

[必得其祿 必得其名 必得其壽] 세 구문 앞에 '大德'이라는
주어가 생략된 문장임

[국역] 큰 덕은 반드시 그 지위를 얻으며, 반드시 그 녹을 얻으며,
반드시 그 이름을 얻으며, 반드시 그 장수를 얻는다.

＊**人道**는 **敏政**하고 **地道**는 **敏樹**하니 **夫政也者**는 **蒲盧也**니
이다

[한자풀이] [敏(민)민첩하다] [蒲盧(포로)갈대 (蒲 부들 포 盧 갈대 로:
註 – 蒲葦 又易生之物 其成尤速也 言人存政擧 其易如此)]

[어구풀이]

[人道敏政 地道敏樹] 對偶의 修辭를 사용함

[夫政也者 蒲盧也] 나타내고자 하는 대상을 다른 대상에 빗
대어 표현하는 比喩의 修辭를 사용하고 있으며, 也者는 구
중에 쓰여 정지와 제지를 나타내며 '~은'으로 풀이하거나 풀
이하지 않아도 됨

[국 역] 사람의 도는 정사에 빠르게 나타나고, 땅의 도는 나무에 빠르
게 나타나니, 政事(의 신속한 효험)는 (쉽게 자라는) 갈대와 같다
(훌륭한 사람이 있으면 政事가 거행됨이 이처럼 쉽다는 의미).

＊**天下之達道五**에 **所以行之者三**이니 **曰君臣也**와 **父子也**
와 **夫婦也**와 **昆弟也**와 **朋友之交也 五者**는 **天下之達道也**
요 **知仁勇三者**는 **天下之達德也**니 **所以行之者**는 **一也**니
이다

[한자풀이] [達道(달도)공통된 道] [昆(곤)형] [達德(달덕)공통된 덕]
[一: 註- 一則誠而已矣]

[어구풀이]

[所以行之者三] 所以는 방법의 뜻이고, 之는 대명사이며, 者
는 주격조사로 쓰였음

[君臣也 父子也 夫婦也 昆弟也 朋友之交也] 也는 병렬의 구
뒤에 쓰여 주어나 서술어, 빈어의 역할을 함

 천하의 공통된 도가 다섯인데, 그것을 시행하는 방법은 셋
이다. 군신간과 부자간과 부부간과 형제간과 붕우간의 사귐
이 다섯 가지는 천하의 달도요, 지·인·용 이 세 가지는 천
하의 공통된 덕이니, 그것을 시행하는 방법은 하나(즉 誠)이다.

＊好學은 近乎知하고 力行은 近乎仁하고 知恥는 近乎勇이
니라

 학문을 좋아함은 智에 가깝고, 힘써 행함은 仁에 가깝고,
부끄러움을 앎은 勇에 가깝다.

＊凡爲天下國家有九經하니 曰 修身也와 尊賢也와 親親也
와 敬大臣也와 體群臣也와 子庶民也와 來百工也와 柔遠
人也와 懷諸侯也니라

 [爲(위)다스리다] [經(경)법] [體(체)체득하다(註 — 體謂設
以身處其地而察其心也)] [子(자)사랑하다] [庶(서)여러] [柔
(유)편안이 하다] [懷(회)품다]

[修身也 尊賢也 親親也 敬大臣也 體群臣也 子庶民也 來百
工也 柔遠人也 懷諸侯也] 也는 병렬의 구 뒤에 쓰여 주어나
서술어, 빈어의 역할을 함

[子庶民也] 子는 명사가 동사처럼 활용됨

 무릇 천하와 국가를 다스림에 아홉 가지 떳떳한 법이 있으
니, 몸을 닦음과 어진이를 높임과 친척을 가까이 함과 대신을
공경함과 여러 신하들의 마음을 體察함과 여러 백성들을 자식
처럼 사랑함과 여러 공인들을 오게 함과 먼 곳의 사람을 편안

히 함과 제후들을 품어주는 것이다.

＊**凡事豫則立**하고 **不豫則廢**하나니 **言前定則不跲**하고 **事前定則不困**하고 **行前定則不疚**하고 **道前定則不窮**이니라

[한자풀이] [豫(예)미리] [廢(폐)폐하다] [跲(겁)착오가 생기다] [疚(구)꺼림하다]

[어구풀이]

[凡事豫則立] 則자가 있어 가정문이 됨

[言前定] 定에 피동의 의미가 가미되어 '정해지다'의 의미가 되므로 이 글은 '말이 미리 정해지다'로 풀이가 됨

[국역] 무릇 일은 미리하면 성립되고, 미리하지 않으면 폐해진다. 말을 미리 정하면 차질이 없고, 일을 미리 정하면 곤란함이 없고, 행동을 미리 정하면 결함이 없고, 도를 미리 정하면 궁하지 않다.

＊**誠者**는 **天之道也**요 **誠之者**는 **人之道也**니 **誠者**는 **不勉而中**하며 **不思而得**하여 **從容中道**하나니 **聖人也**요 **誠之者**는 **擇善而固執之者也**니라

[한자풀이] [勉(면)힘쓰다] [中(중)맞다] [從容(종용)조용한 모양] [擇(택)가리다] [執(집)보존하다]

[어구풀이]

[誠者 天之道也 誠之者 人之道也] 天之道也의 之는 어조사요 誠之者의 之는 대명사며, 人之道也의 之는 어조사임

[국역] 성실한 자는 하늘의 도요, 성실히 하려는 자는 사람의 도이다. 성실한 자는 힘쓰지 않고도 (도에) 맞으며 생각하지 않고

도 얻어서 從容히 도에 맞으니 성인이요, 성실히 하려는 자는
선을 택하여 그것을 굳게 지키는 자이다.

＊有弗學이언정 學之인댄 弗能이어든 弗措也하며 有弗問이
언정 問之인댄 弗知어든 弗措也하며 有弗思언정 思之인댄
弗得이어든 弗措也하며 有弗辨이언정 辨之인댄 弗明이어
든 弗措也하며 有弗行이언정 行之인댄 弗篤이어든 弗措也
하여 人一能之어든 己百之하며 人十能之어든 己千之니라

한자풀이 [弗＝不＝勿] [措(조)버려두다] [得(득)터득하다] [辨(변)
분별하다] [篤(독)견실하다]

어구풀이

[有弗學 學之 弗能 弗措也] 話者가 聽者에게 어떤 행동을
하도록 요구하는 명령문임. 弗은 '아니다'라는 부정의 뜻으로
쓰이지만 '말라'라는 금지의 뜻으로도 쓰임. 有弗學에서는 부
정으로 쓰였으나 弗措也에서는 금지로 쓰였음

[人一能之 己百之] 假定詞나 則자가 없어도 의미상 가정문으
로 풀이해야 함

국역 배우지 않음이 있을지언정 그것(성실히 하는 조목:註-誠之
目)을 배웠을 때 능하지 못하면 놓아두지 말며, 묻지 않음이
있을지언정 그것을 물었을 때 알지 못하면 놓아두지 말며, 생
각하지 않음이 있을지언정 그것을 생각했을 때 터득하지 못하
면 놓아두지 말며, 분별하지 않음이 있을지언정 그것을 분별
했을 때 분명하지 못하면 놓아두지 말며, 행하지 않음이 있을
지언정 그것을 행할 때 견실하지 못하면 놓지 말아서, 남이
한 번에 그것에 능하면 나는 그것을 백 번을 하며, 남이 열

번에 그것에 능하면 나는 그것을 천 번을 하여야 한다.

＊居上不驕하며 爲下不倍라

[한자풀이] [驕(교)교만하다] [倍(배)＝背 등지다]

[국역] 윗자리에 있으면서 교만하지 않고, 아랫사람이 되어서는 배반하지 않는다.

＊子曰 愚而好自用하며 賤而好自專이요 生乎今之世하여 反古之道면 如此者는 裁及其身者也니라

[한자풀이] [專(전)오로지 하다] [反(반)돌아가다] [裁(재)＝災 재앙]

[국역] 공자께서 말씀하시길 "어리석으면서 자신이 쓰이기를 좋아하며, 천하면서 자기 마음대로 하기를 좋아하고, 지금 세상에 태어나서 옛 도로 돌아가려고 하면 이와 같은 자는 재앙이 그 몸에 미친다." 하셨다.

＊詩曰 衣錦尙絅이라하니 惡其文之著也라 故로 君子之道는 闇然而日章하고 小人之道는 的然而日亡이니라

[한자풀이] [錦(금)비단] [尙(상)더하다] [絅(경)홑옷] [文(문)문채] [著(저)드러나다] [闇(암)어둡다] [章(장)밝다] [的(적)선명하다]

[어구풀이]

[惡其文之著也] 이 문장은 單文이다. 其文之著也가 주술 구조의 문장처럼 보이나 惡의 빈어이기 때문에 複文이 아니라 단문임

[闇然而日章] 然자는 '그러하다'나 접속사로 쓰이기도 하지만, 다른 글자와 결합되었을 때는 擬聲語나 擬態語를 만들어 줌. 日章의 日은 명사가 때로 동사 앞에서 부사어로 활용되는 경우임

[국역] 『시경』에 이르기를 "비단옷을 입고 홑옷을 덧입는다." 하였으

니, 그 문채가 드러남을 싫어해서이다. 그러므로 군자의 도는
은은하나 날로 드러나고, 소인의 도는 선명하나 날로 없어진다.

＊**君子**는 **不動而敬**하며 **不言而信**이니라

[국역] 군자는 움직이지 않아도 공경하며, 말하지 않아도 믿는다.

4) 여러 文集

＊**司馬光**이 **幼**에 **與群兒戲**라가 **一兒墜大水甕中**하여 **已沒**
이라 **群兒驚走**하여 **不能救**어늘 **光**이 **取石破甕**하여 **兒得出**
하니 **人知其智不凡**이라 『**宋史**』[12]

[한자풀이] [戲(희)놀다] [墜(추)떨어지다] [甕(옹)항아리] [沒(몰)가라
앉다] [驚(경)놀라다] [走(주)달아나다] [救(구)구제하다] [凡(범)
평범하다]

[어구풀이]

[不能救] 不能은 '～할 수 없다'의 의미임

[兒得出] 得은 '얻다'의 뜻이 아니라 '～할 수 있다'는 조동사
로, 이 구의 의미는 '아이가 나올 수 있었다'로 풀이 됨

[국역] (송나라) 사마광이 어렸을 적에 여러 아이들과 놀다가, 한 아
이가 큰 물 항아리 속에 떨어져 빠지고 말았다. 여러 아이들
은 놀라 달아나서 구할 수 없었는데, 사마광이 돌을 가져다
항아리를 깨서 아이가 나올 수 있었으니, 사람들이 그의 지혜

---

12) 宋史: 송나라의 역사를 기록한 책

가 평범하지 않음을 알았다.

＊尹淮[13]가 少時에 有鄕里之行하여 暮投逆旅하니 主人이 不許止宿하여 坐於庭畔이라 主人兒가 持大眞珠出來라가 落於庭中이어늘 傍有白鵝하여 卽呑之라 俄而主人索珠라가 不得하니 疑公竊取하여 縛之하고 朝將告官이라 公不與辨하고 只云 "彼鵝亦繫吾傍하라" 將朝에 珠從鵝後出이라 主人慚謝曰 "昨何不言고?" 公曰 "昨日言之면 則主必剖鵝覓珠리라 故로 忍辱而待라" 『燃藜室記述』

[한자풀이] [淮(회)물이름] [投(투)머물다] [逆(역)맞이하다] [旅(려)나그네] [畔(반)가] [珠(주)구슬] [傍(방)곁] [鵝(아)거위] [呑(탄)삼키다] [俄(아)잠시] [索(색)찾다] [竊(절)훔치다] [縛(박)묶다] [辨(변)분별하다] [繫(계)매다] [慚(참)부끄러워하다] [謝(사)사과하다] [剖(부)가르다] [覓(멱)찾다] [辱(욕)욕]

[어구풀이]

[少時] 어릴 때와 젊은 시절의 의미가 있음

[逆旅] '나그네를 맞이함', 즉 여관.

[卽呑之] 卽은 즉시이고, 之는 대명사로 큰 진주를 가리킴

[俄而] 얼마 후로, 而는 「시간사＋而」에서는 '～에'라는 의미임

[不得] 不得索에서 索이 생략된 형태로 '(찾을) 수 없다.'의 의미임

[不與辨] 不與主人辨에서 '主人'이 생략된 형태

[從鵝後出] 從은 '～로부터'이고 後는 '항문'의 뜻임

---

13) 尹淮: 1380～1436. 조선 전기의 학자이며 名臣. 호는 淸香堂. 어려서부터 經史에 통달
   하였고, 관직이 병조 판서·예문관 대제학에 이르렀다. 술을 매우 좋아하여 세종이 술을 석
   잔 이상 마시지 못하게 하자 연회 때마다 큰 그릇으로 석 잔을 마셨다는 일화가 전한다.

[국역] 윤회가 젊었을 때 고향에 갈 일이 있어서 날이 저물어 여관에 투숙하려니 주인이 머물러 잘 것을 허락하지 않아 뜰 가에 앉아 있었다. 주인집 아이가 큰 진주를 가지고 나오다가 뜰 가운데에 떨어뜨리니 곁에 흰 거위가 있다가 즉시 삼켜 버렸다. 얼마있다가 주인이 진주를 찾았는데, 찾을 수 없자 공(윤회)이 훔쳐 갔다고 의심하여 그를 묶고는 아침에 장차 관가에 아뢰려고 하였다. 공은 (주인과) 더불어 (잘잘못을) 가리지 않고 다만 이르기를, "저 거위도 내 곁에 매 두시오."하였다. 장차 아침이 되려는데 진주가 거위 항문으로부터 나왔다. 주인이 부끄러워 사과하며 말하기를 "어제는 왜 말하지 않았소?" 공이 말하기를 "어제 그것을 말했다면 주인은 반드시 거위를 갈라 진주를 찾았을 것이오. 그러므로 치욕을 참고 기다렸던 것이오."하였다.

* 李尙毅[14]가 兒時에 性甚輕率하여 坐不耐久하고 言輒妄發이라 父母憂之하여 頻有責言할새 公이 佩小鈴以自戒하여 每聞鈴聲에 猛加警飭하고 出入坐臥에 未嘗捨鈴이러니 今日減一分하고 明日減一分하여 及至中年之後하야 渾然天成이라 後人之戒輕薄子弟者는 必擧李公하여 以爲則云이라 『公私見聞錄』[15]

[한자풀이] [甚(심)매우] [率(솔)가볍다] [耐(내)참다] [輒(첩)번번이] [妄(망)망령되다] [頻(빈)자주] [佩(패)차다] [鈴(령)방울] [戒

---

14) 李尙毅: 1560~1624. 호는 少陵. 선조와 광해 때 대사성·이조판서·형조판서·좌찬성 등을 역임한 조선의 문신. 「少陵集」이 있다.

15) 『公私見聞錄』: 조선의 정재륜이 궁궐을 출입하면서 보고 들은 것을 기록한 책. 이 책은 효종·현종·숙종·경종의 4대조에 걸쳐 궁을 출입하면서 견문한 '좋은 이야기·좋은 행실' 따위를 모은 일종의 野史로, 당시 시대를 참고하기에 좋은 자료이다.

(계)경계하다]　[猛(맹)사납다]　[警(경)경계하다]　[飭(칙)삼가다]
[捨(사)버리다]　[渾(혼)온통]　[薄(박)가볍다]　[則(칙)법칙]　[云
(운)이르다 '〜라고 하다'로 남의 말을 전하는 형태일 때 흔히
사용함]

어구풀이

[坐不耐久 言輒妄發] 의미상 가정문으로, 則이 생략된 형태임.
'坐(則)不耐久 言(則)輒妄發'의 형태가 완전한 문장임
[今日減一分] 一分은 '약간'으로, '오늘 (경솔함이) 조금 줄
다.'로 풀이 됨
[渾然天成] 然은 의성어나 의태어를 만드는 것으로, 渾然은
전체의 모습이며, 天은 하늘에서 물려받은 원래의 것, 즉 천성
을 의미함
[以爲則云] 以爲는 '〜라고 여기다 / 삼다'의 뜻임

국역 이상의가 어릴 때에 성품이 매우 경솔하여 앉으면 오래 견
디지 못하고, 말만 하면 번번이 망령되게 하였다. 부모가 그
것을 근심하여 자주 꾸짖는 말을 하니, 공이 작은 방울을 차
고 스스로 경계하여 방울 소리를 들을 때마다 맹렬히 더욱 조
심하고 삼가니, 나가고 들어오거나 앉거나 누울 때에도 항상
방울을 놓아두지 않았다. 오늘 (경솔함이) 조금 줄고 내일 조
금 줄어서 중년에 이른 뒤에는 완전히 자연스럽게 되었다. 후
세 사람 중에 경박한 자제를 훈계할 때에는 반드시 이공을
들어 본보기로 삼았다고 한다.

＊英廟親臨揀擇할새 聚集士夫女子於宮中한데 后¹⁶⁾獨避於席而坐어늘 上이 問曰 "何避也오?"하니 后曰 "父名이 在此하니 安敢當席而坐리오?"하다 蓋揀擇時에 書其父名於方席之端故也라 上이 問衆女子하되 "何物이 最深고?"하니 或言山深하고 或言水深하여 衆論不一이어늘 后獨曰 "人心이 最深이니다"하다 上이 問其故하니 對曰 "物深은 可測이어니와 人心은 不可測也니이다"하다 上이 問衆女子曰 "何花最好오?"하니 或言桃花하고 或言牡丹花하여 所對不一이어늘 后獨曰 "棉花最好니이다"하다 上이 問其故하니 對曰 "他花는 不過一時之好나 唯棉花는 衣被天下하여 有防寒之功也니이다"하다 『大東奇聞』¹⁷⁾

[한자풀이] [廟(묘)사당] [揀(간)가리다] [擇(택)가리다] [聚(취)모이다] [后(후)왕후] [避(피)피하다] [當(당)감당하다] [蓋(개)대개] [書(서)쓰다] [方席(방석)방석] [端(단)끝] [或(혹)어떤 사람] [故(고)까닭 / 이유] [測(측)헤아리다] [棉(면)목화] [防(방)막다]

[어구풀이]

[英廟] 영조 임금의 廟號

[后獨避於席而坐] 獨자가 있어 限定文임. 於는 '을 / 를'의 의미로 쓰임

[何避也] 疑問詞인 何로 인해 의문문이 되었고, 也는 본래 어

---

16) 貞純王后: 서산 출신 김한구의 딸로 어려서부터 영특했다고 한다. 가족이 老論 대신 홍봉한의 집에 기숙하다가 英祖의 繼妃로 간택되었다. 영조(1694~1776)의 비 貞盛왕후가 죽자, 1759년(영조35) 15세의 나이로 당시 66세인 영조와 결혼한 것이다. 궁에서 老論의 바람막이 역할을 했으며, 思悼世子와 사이가 좋지 않았다. 때문에 사도세자가 죽임을 당한 데는 정순왕후의 입김이 작용했다고 보는 사람이 있다. 또한 正朝가 승하할 때 임종을 지켜본 유일한 사람이기도 하다. 純祖가 11세로 즉위하자 수렴청정을 실시하였는데, 스스로 여왕·女君이라고 칭하며 실질적인 국왕의 모든 권한과 권위를 행사하였다. 정순은 諡號이다.
17) 『大東奇聞』: 姜斅錫이 1926년에 조선 시대의 逸事와 奇聞을 모아 엮은 책

조사로 어떤 사실에 대한 확인하는 것으로 쓰이나, 의문사와 결합되었을 때는 의문의 語氣를 지님

[安敢當席而坐] 安은 '편안하다'의 뜻이 아니라 疑問詞로 '어찌'의 의미로 쓰여 반어문을 이룸

[蓋揀擇時　書其父名於方席之端故也] 蓋가 있어 推量文이 됨. 故는 '때문'의 의미로 쓰임

국역　영묘(영조 대왕)가 친히 간택에 임할 때, 사대부집의 여자를 궁중에 모아 놓았는데, 왕후만 유독 자리를 피하고 앉았다. 임금이 묻기를 "어찌 피하느냐?"하니, 왕후가 말하길 "아버지의 이름이 여기에 있으니 어찌 감히 자리에 앉겠습니까?"하였다. 대개 간택할 때에 방석의 끝에 아버지의 이름을 써놓았기 때문이었다. 임금이 여러 여자들에게 묻기를 "어떤 물건이 가장 깊은가?"하니, 어떤 사람은 산이 깊다고 말하고, 어떤 사람은 물이 깊다고 말하여 중론이 한결같지 않았는데, 왕후만이 홀로 말하길 "사람의 마음이 가장 깊습니다."라고 하였다. 임금이 그 까닭을 물으니, 대답하기를 "물건의 깊이는 헤아릴 수 있지만 사람의 마음은 헤아릴 수 없기 때문입니다."라고 하였다. 임금이 여러 여자들에게 묻기를 "어떤 꽃이 가장 좋으냐?"하니, 어떤 사람은 복숭아꽃을 말하고 어떤 사람은 모란꽃을 말하여 대답하는 것이 한결같지 않았는데, 왕후만이 홀로 말하길 "목화가 가장 좋습니다."라고 하였다. 임금이 그 까닭을 물으니, 대답하기를 "다른 꽃은 한 때의 좋음에 지나지 않지만, 오직 목화는 옷으로 천하 사람들을 입혀 추위를 막아주는 공이 있기 때문입니다."라고 하였다.

漢字 漢文 指導法

　漢字와 漢文을 학습하고자 하는 사람들이 漢字와 漢文에 '흥미를 가지고 적극적으로 학습할 수 있도록 하는 것'은 漢字 漢文을 지도하는 데 있어 중요한 문제이다. 그렇게 하기 위해서는 우선 敎授나 학습을 위한 계획을 먼저 세워야 하며, 이어서 다양하고 흥미로운 자료와 敎授・學習방법을 통해 학습 동기를 지속할 수 있어야 한다. 구체적으로 설명하자면 다음과 같다.

1) 敎授・學習 計劃

　敎授・學習 계획은 한자와 한문을 가르쳐 주는 사람인 敎授者가 교육 목표를 달성하기 위한 구체적인 준비 활동이며, 본격적인 교육 활동에 앞서 갖추어야 할 지적이면서도 기능적인 과제이다. 漢字・漢文에 있어 교수・학습 계획을 세울 때에 고려해야 할 사항을 제시하자면 다음과 같다.

(1) 무엇을 교육할 것인가에 대한 교육 목표를 확실하게 구성한 바탕에서 敎授ㆍ學習 계획을 수립한다.

　　漢字와 漢文에 대한 교수 내용의 특징과 성격을 분명히 파악하고, 이를 교수ㆍ학습 계획의 수립에 충실히 반영하여야 한다. 즉 먼저 구체적인 지도 방법에 앞서 교육 목표를 확실하게 세워야 한다는 것이다.

(2) 漢字, 漢字語, 漢文 文章 등이 유기적으로 이루어질 수 있고, 반복 학습이 가능하도록 계획한다.

　　漢文 교수ㆍ학습 계획을 수립할 때에는 漢字, 漢字語, 漢文 文章 등의 학습이 서로 유기적으로 이루어질 수 있도록 하여야 한다. 漢字의 학습을 통해 漢字語의 활용이 이루어지고, 漢字語의 학습이 漢文 文章을 이해하는데 유기적인 관련이 있어야 하며, 반복적인 학습을 통해 효과를 얻을 수 있도록 계획한다. 구체적인 예를 제시하면 다음과 같다.

地 대전大篆의 모양에서 왼쪽 상단 부분은 높은 땅의 모양이고, 오른쪽 상단에 있는 象판단하다 단은 소리음를 나타내며, 아래 土는 평지를 의미함으로, 그 둘의 뜻을 합쳐 널리 '땅'을 뜻한다.

소전의 모양에서 土는 땅이고, 也어조사 야는 뱀을 본뜬 것으로 꾸불꾸불 이어진 모양을 나타내니, 그 둘을 합치면 '꾸불꾸불 이어진 땅'을 뜻한다. 후에 파생되어 '입장'을 뜻하기도 하였다.

一說에는 也는 '여자의 생식기 모양'을 형상화한 것으로, 신체의 가장 밑 부분을 가리켜 '땅'을 비유하므로, '가장 아래 부분에 있는 흙', 즉 '땅'이 된다고도 한다.

地形 땅 지 모양 형 >>땅의 모양
易地思之 바꾸다 역 입장 지 생각하다 사 어조사 지 >>입장을 바꾸어 생각함

---

(3) 學習者, 家庭, 社會 등의 요구를 수렴하여 계획한다.

漢文 교수·학습 계획을 세울 때에는 학습자 또는 가정이나 사회 등 주변 환경의 요구를 적극적으로 수렴하도록 한다. 교육이 사회의 요구에 대처해 나가야 하듯이 한문 학습도 사회적 변화와 요구에 대처해 나가야 한다.

漢文 교육은 우리 문화유산을 계승, 발전시키는데 도움이 될 뿐만 아니라 일상 언어생활에 많은 도움을 주고 있다. 특히 정보화·세계화 시대를 맞아 한문 교육에 대한 관심이 점차 증대되어 가고 있는 현실을 감안하여, 이를 한문 교육에 적극 수용하도록 한다.

---

(4) 學習者의 일상생활에 도움이 되고, 다른 학문과의 연계 학습이 가능하도록 계획한다.

漢文 교수·학습 계획을 세울 때에는 학습자의 일상생활에 도움이 되고, 다른 학문과의 연계 학습이 가능하도록 해야 한다. 漢文

의 어휘에서 유래한 한자어는 우리의 일상적인 언어생활 속에서, 또는 경제, 사회, 문화 등 다른 학문을 학습하는 가운데 항상 사용하고 있다는 점에 유의해야 한다. 예컨대 推敲나 壟斷이라는 한자어의 유래를 통해 한자어의 의미를 정확히 알게 되면 일상 언어생활이나 경제 등의 학습에 도움이 될 것이며, 흔히 잘못 사용하기 쉬운 夜半逃走나 孑孑單身같은 한자어를 정확하게 이해하고 활용한다면 실제 언어생활에 도움이 될 수 있는 것이다. 따라서 漢文 공부를 처음 시작한 학습자가 그 음과 뜻을 정확하게 이해하여 실제의 언어생활이나 다른 학문의 학습에 효과적으로 활용할 수 있도록 한다.

(5) 학습 수준이나 학습자의 특수 상황 등을 고려하여 적절하게 계획한다.

漢文 교수·학습 계획은 학습 수준이나 학습자의 특수 상황을 고려하여 융통성 있게 계획하되, 難易度를 적절하게 조절하는 것이 중요하다. 즉 초등이냐 중등·고등이냐에 따라 지도해야할 한자가 달라져야 하며, 같은 초등·중등 그룹이라고 하더라도 학습 정도의 수준에 맞게 다소의 변화를 주어 학습자의 수준에 맞는 교수가 이루어져야 효과적이다. 이와 반대로 교수자 자신의 수준에 맞추어 난이도가 높은 한자를 지도할 경우 학습의 효과는 현저하게 감소하게 되기 때문에 주의가 필요하다.

⑹ 학습자의 창의적인 학습 활동을 권장하고 학습자의 다양한 반응과 호응을 적극적으
로 수용할 수 있도록 계획한다.

漢文 교수·학습 계획을 세울 때에는 효과적인 다양한 교수·학습 방법을 강구하여야 한다. 교수자의 일방적인 교수나 암기식, 주입식 교수는 학습의 장애를 불러온다. 학습자가 적극 참여하여 자신의 창의적인 생각을 제시할 수 있고, 또한 자신의 창의적인 능력에 자극 받을 수 있도록 만드는 것이 중요하다.

⑺ 다양한 매체 자료를 활용하여 흥미를 가질 수 있도록 계획한다.

漢文 교수·학습 계획을 세울 때에는 다양한 교수·학습 방법을 활용하여 학습자가 흥미를 가지고 학습에 임할 수 있도록 하여야 한다. 특히 21세기 지식 기반 사회의 시대 조류에 부응하여 다양한 매체 자료를 활용할 수 있도록 교수·학습 계획을 세워야 한다.

2) 教授·學習 方法

교수·학습 방법을 세울 때에 고려해야 할 사항은 다음과 같다.

⑴ 학습자가 쉽고 재미있게 학습할 수 있도록 하되, 다음 사항에 유의하여 교수·학습 방법을 계획한다.

㈎ 短文과 長文의 풀이는 다양한 수업 방법을 창의적으로 적용하여 읽고 풀이할 수 있도록 지도한다.

㈏ 한문을 읽고 이해를 돕기 위해서는 강의법, 토의 학습법, 역할 놀이 학습법 등 다양한 수업 방법을 창의적으로 적용하여 이해하고 감상할 수 있도록 지도한다.

㈐ 전통문화의 이해와 계승에 대해서는 토론 학습, 비교 학습법 등 다양한 수업 방법을 창의적으로 적용하여, 전통문화의 이해와 계승 및 한자문화권의 상호 이해와 교류 증진에 기여할 수 있도록 지도한다.

㈑ 한자의 특징, 한자의 짜임, 한자의 역사는 이미지 컷 활용 지도법, 부수 중심 지도법, 구조 분석법 등 다양한 수업 방법을 창의적으로 적용하여 지도한다.

㈒ 단어의 형성, 단어의 갈래, 어휘와 의미는 조어 분석법, 언어 활용법, 색출법, 비교 학습법 등 다양한 수업 방법을 창의적으로 적용하여 지도한다.

㈓ 문장의 구조, 문장의 유형, 문장의 수사는 다양한 수업 방법을 창의적으로 적용하여 지도한다.

漢文 교수·학습 방법은 학습자가 한문을 쉽고 재미있게 학습할 수 있도록 하되, 학습 부담을 지나치게 느끼지 않는 범위 내에서 漢字, 漢字語, 漢文 文章 등에 적합한 교수·학습 방법을 활용하도록 한다. 단, 한문의 학습은 한문을 바르게 이해하는 데 도움이 될 수 있도록 하되, 문법을 지나치게 강조하지 않도록 하며, 교수·학습 방법에 제시된 수업 방법에 대해 몇 가지 예를 들면 다음과 같다.

○ 토의 학습법: 문제 해결을 위해 학급 전체에서 학습자와 교사 또는 학습자 간 질의·응답으로 진행하는 학습법이다.

○ 역할 놀이 학습법: 학습자 각자에게 역할을 부여하여 학습자의 능동적인 참여를 이끌어 내는 학습법이다.

○ 토론 학습법: 문제 해결을 위해 학급을 몇 개의 작은 모둠으로 나누어 모둠끼리 학습 내용을 자유롭게 토론하고, 모둠별로 토론 결과를 발표하는 학습법이다.

○ 비교 학습법: 둘 이상의 학습 내용이나 또는 같은 내용이라도 달리 적용되는 학습 내용에 대해 공통점과 차이점을 분류하여 학습의 수준을 넓혀가는 학습법이다.

○ 부수 중심 지도법: 부수의 의미를 중심으로 여러 개의 한자로 확장하는 학습법이다.

보기

耳 → 聞 聰 聲	貝 → 財 貧 貴	木 → 末 李 杏

○ 구조 분석법: 한자의 짜임을 분석하여 지도하는 학습법이다. 구조 분석법은 한자의 특성을 살려 그림을 그려서 수업을 진행한다든가, 질문 또는 토의 학습 방법을 통해 학습자가 스스로 알 수 있게 하는 등 다양한 방법의 적용이 가능하다.

보기

休 → 人[사람] + 木[나무] : 사람이 나무 밑에 있다. 곧 '쉬다.'
材 → 木[나무 : 뜻 부분] + 才[재 : 음 부분]

* 사람(亻)이 나무(木) 그늘 아래서 '쉬고 있는 것'을 나타낸 글자로, 한자가 만들어진 과정을 보여 주는 그림이다.

○ 조어 분석법: 어휘의 짜임을 풀이하여 지도하는 학습법이다.

假面	假　面 거짓　얼굴	→	거짓 얼굴
乘船	乘　船 타다　배	→	배에 탐

○ 언어 활용법: 어휘를 실제 언어생활이나 학습 내용에 적용하게
하는 학습법이다.

"오늘 講義가 몇 時에 있지?"
"敎授님이 아프셔서 休講이래."
"點心 먹고 圖書館에 가자."

○ 색출법: 신문·서적·표지판·광고 등을 제시하여 학습하거나,
학습한 어휘를 찾아보는 학습법이다.

"大法院長이 '壓力 震源地' 疑惑…內部照查 잘될까"『한겨레,
2009.03.07』
"저를 사랑해 주신 어머니께 정말 感謝드립니다."『중학교, 1학
년, 도덕』

○ 完成法: 한글로 표기된 漢字語를 漢字로 쓰거나 미완성된
漢字語를 완성시키는 학습법이다.

인간(人間), 자연(自然), 취직(就職)
刻(舟)求劍, 幸福한 都(市)

○ 比較法: 비슷한 글자나 상대되는 한자를 비교하는 학습법이다.

歌－謠, 覺－悟, 間－隔
乾 ↔ 坤, 乾 ↔ 濕, 結 ↔ 解

지도하는 사람은 학습자의 흥미와 학습 효과를 높일 수 있도록
漢字와 漢字語, 漢文의 영역에 알맞은 교수 · 학습 방법을 적용하
되, 학습 현장의 상황에 따라 적합한 교수 · 학습 방법을 적용해야
한다. 그 방법은 다음과 같다.

1) 강의 학습: 지도하는 사람이 모든 학습 내용을 언어를 통해
   전달하는 학습법으로, 가장 일반적인 학습 방법이다.

2) 현장 학습: 漢文 문화의 현장을 방문하여 체험하는 학습법으
   로, 예컨대 景福宮을 방문하여 懸板에 쓰여진 한자어 등을
   학습하는 방법이다.

3) 협동 학습: 모둠별로 협동을 통해 내용을 습득하도록 하는 학
   습법으로, 예컨대 모둠별로 각각 일정 정도의 漢字語나 漢文
   文章을 주어서 협동을 통해 풀어가는 방법이다.

漢文의 교수 · 학습 효과를 높일 수 있도록 컴퓨터, 멀티미디어
등 다양한 매체 자료를 활용하되, 교사와 학습자가 쌍방향에서 소
통할 수 있도록 교사 개인의 홈페이지나 교과 학습 카페 등을 활용
하도록 한다.

3) 敎授·學習 資料

교수·학습 자료를 선정할 때에 고려해야 할 사항은 다음과 같다.

(1) 교수·학습 자료는 학습자의 흥미와 동기를 유발하여 학습자 중심의 학습이 이루어 지도록 구성한다.

漢文의 교수·학습 자료는 앞에서 제시한 교수·학습 방법에 따라 각종 기자재를 적절히 활용하여, 학습자가 흥미와 호기심을 가지고 스스로 학습에 참여할 수 있도록 하는 것이 중요하다. 예컨대 재미있는 破字 이야기[삿갓이 길을 가다가 어느 집에 들러 하루 밤 묵고 갈 것을 청하였다. 주인 영감은 싫어하는 기색을 보이며 핑계를 대고 있는데, 저녁 먹을 시간이 되어 그 집 며느리가 나오 더니, "아버님, 인량차팔(人良且八)입니다."라고 했다. 그러자 주인 영감은 "그래 알았다. 월월산산(月月山山)커든."이라고 답하였다. 김삿갓이 가만히 생각해 보니 며느리의 말은, "음식이 갖추어 졌습 니다(人＋良＝食, 且＋八＝具 → 食具)"이고, 영감의 대답은 "친구 가 가거든(月＋月＝朋, 山＋山＝出 → 朋出)."이었다. '식사가 준비 되었는데 내올까요?'라는 며느리 말에, '이 친구, 즉 김삿갓이 가거 든 내오너라.'라는 말이었던 것이다. 김삿갓은 그들의 대화 내용을 알고서 "견자화중(犬者禾重)"이라 하고, 얼른 그 집을 나오고 말았 다고 한다. 김삿갓이 말한 의미는 '돼지 종자 같은 놈[犬(犭)＋者＝ 猪(돼지 저), 禾＋重＝種(씨 종)]'이라는 뜻이다.]나 懸吐이야기[어느 마을에 이진사가 잔치를 벌여 사또를 초대했는데, 사또로부터 다음과 같은 편지가 도착했다. '來不往來不往' 이진사가 한참을 생각해보니, 그 의미는 다음과 같았다. 來不이라도 往이어늘, 來라하니 不往고(오지 말라 해도 가겠는데, 오라고 하니 왜 가지 않겠는가?)] 등을 통해 학습자의 흥미를 유발시킬 수 있을 것이다.

漢文의 교수·학습 자료는 앞에서 제시한 다양한 교수·학습 방법의 효과를 높이고, 가능한 한 학습자의 흥미를 유발할 수 있는 것을 선정한다. 이를 위해 학습 내용에 맞추어 카드, 융판, 괘도, 컴퓨터, OHP, 실물화상기, 멀티미디어, 인터넷 등 매체 자료를 포함한 각종 자료를 효율적으로 활용할 수 있도록 한다. 예컨대 교육 프로그램에서 방영한 자료 가운데 '童蒙 교육'이나 '接賓禮', '서당에서의 책걸이' 등을 효율적으로 활용하면 학습의 효과를 높일 수 있을 것이다.

부 록

1. 잘못 알고 사용하는 成語

* 산수갑산(x) → 삼수갑산(三水甲山): 함경남도에 있는 지명으로 산세가 험하다. 함경남도 북서쪽에 있는 三水郡과 甲山郡을 같이 부르는 말이다. 이 두 고을은 蓋馬高原 서북쪽 끝에 있는 곳으로 우리나라에서는 가장 교통도 불편할 뿐 아니라 춥고 험한 곳이어서 옛날부터 유배지로 알려진 곳이다. 일반인들한테는 한번 가면 살아서 돌아오기 힘든 곳으로 소문난 곳이기도 하다. 따라서 '삼수갑산에 간다.'는 말은 일이 매우 어렵게 꼬였거나 난처한 입장에 놓인 상태를 말한다.

* 야밤도주(x) → 야반도주(夜半逃走): 한밤중에 몰래 달아남

* 절대절명(x) → 절체절명(絶體絶命): 궁지에 몰려 살아날 길이 없게 된 막다른 처지

* 전입가경(x) → 점입가경(漸入佳境): 점점 들어갈수록 재미있는 경지임

* 풍지박산(x) → 풍비박산(風飛雹散): 사방으로 날아 흩어짐
* 성대묘사(x) → 성대모사(聲帶模寫): 사람의 목소리나 동물의 소
  리를 흉내 냄
* 홀홀단신(x) → 혈혈단신(孑孑單身): 외롭고 외로운 홀몸

2. 六十甲子

1. 甲子	11. 甲戌	21. 甲申	31. 甲午	41. 甲辰	51. 甲寅
2. 乙丑	12. 乙亥	22. 乙酉	32. 乙未	42. 乙巳	52. 乙卯
3. 丙寅	13. 丙子	23. 丙戌	33. 丙申	43. 丙午	53. 丙辰
4. 丁卯	14. 丁丑	24. 丁亥	34. 丁酉	44. 丁未	54. 丁巳
5. 戊辰	15. 戊寅	25. 戊子	35. 戊戌	45. 戊申	55. 戊午
6. 己巳	16. 己卯	26. 己丑	36. 己亥	46. 己酉	56. 己未
7. 庚午	17. 庚辰	27. 庚寅	37. 庚子	47. 庚戌	57. 庚申
8. 辛未	18. 辛巳	28. 辛卯	38. 辛丑	48. 辛亥	58. 辛酉
9. 壬申	19. 壬午	29. 壬辰	39. 壬寅	49. 壬子	59. 壬戌
10. 癸酉	20. 癸未	30. 癸巳	40. 癸卯	50. 癸丑	60. 癸亥

*干支를 알면 역사적인 사건의 연도를 쉽게 알 수 있다.

우리는 '壬辰倭亂', '丙子胡亂', '丙寅洋擾', '乙未事變' 등의 역사적 사건을 알고 있다. 예전에는 연도를 간지로 표현했기 때문에 그러한 사건이 일어난 시기들은 西紀로 따로 기억해 두어야 한다. 그런데 간지로 표현된 연도를 서기로 쉽게 계산할 수 있는 방법이 있다. 그것은 '甲'이 들어가는 해는 서기로는 반드시 '4년'으로 끝난다는 것이다. 예를 들면 '甲申政變'은 1884년, '甲午改革'은 1894년이 된다. 이와 같은 방법으로 '乙'은 '5년', '丙'은 '6년'……'癸'

는 '3년'으로 끝남을 알 수 있다. '壬辰倭亂'은 1592년, '丙子胡亂'
은 1636년, '丙寅洋擾'는 1866년, '乙未事變'은 1895년에 각각 일
어난 역사적 사건들이다. 표로 만들면 다음과 같다.

간지 : 甲○ 乙○ 丙○ 丁○ 戊○ 己○ 庚○ 辛○ 壬○ 癸○
서기 : ~4   ~5   ~6   ~7   ~8   ~9   ~0   ~1   ~2   ~3

＊十二支의 동물과 시각은 다음과 같다.

12支	동물	시 각	更
子	쥐	23시－1시	三更(24시:子正)
丑	소	1시－3시	四更
寅	범	3시－5시	五更
卯	토끼	5시－7시	
辰	용	7시－9시	
巳	뱀	9시－11시	
午	말	11시－13시	(12시:正午, 또는 午正)
未	양－염소	13시－15시	
申	원숭이	15시－17시	
酉	닭	17시－19시	
戌	개	19시－21시	初更(一更)
亥	돼지	21시－23시	二更

3. 四大門과 五行

＊조선 시대 漢陽에는 8개의 城門이 있었다. 정방향에 4개의 大
門, 그리고 그 사이에 4개의 小門이 그것이다.

<大門>   <小門>

仁 – 東 – 興仁之門   惠化門

義 – 西 – 敦義門   彰義門

禮 – 南 – 崇禮門   光熙門

智 – 北 – 弘智門   昭德門

* 信 – 中 – 普信閣

그런데 왜 네 개의 대문의 이름에 仁義禮智를 넣었을까? 그것은 五行에 仁義禮智를 배치하면서 생긴 것이다. 다음 표는 五行과 관련된 여러 가지 사항들이다.

性情 / 五行	干	支	방향	계절/수	五常	五色	五時	五臟	五腑	五變	五氣
木	甲 乙	寅 卯	東 (左)	春 / 3,8	仁	靑	아침	肝	膽	生	風
火	丙 丁	午 巳	南 (前)	夏 / 2,7	禮	赤 (朱)	낮	心	小腸	長	火 暑
土	戊 己	辰戌 丑未	中央	환절기 / 5,10	信	黃	낮	脾	胃腸	化	濕
金	庚 辛	申 酉	西 (右)	秋/4,9	義	白	저녁	肺	大腸	收	燥
水	壬 癸	子 亥	北 (後)	冬/1,6	智	黑 (玄)	밤	腎	膀胱	藏	寒

이 표를 자세히 보면 '左靑龍 右白虎'에서 왜 좌측이 청색이고 우측이 백색인지 알 수 있다. 북쪽을 등지고 남쪽을 바라보면 좌측은 동쪽이고, 우측은 서쪽이다. 따라서 색깔은 각각 청·백이 되어야 하는 것이다. 또 고구려 벽화에 靑龍, 白虎, 朱雀, 玄武라고 한 이유를 아울러 알 수 있을 것이다([朱(주)붉다] – 남, [玄(현)검다] – 북).

＊五行의 相生과 相剋과 五行의 보충표

　相生: 木生火　火生土　土生金　金生水　水生木

　相剋: 木剋土　土剋水　水剋火　火剋金　金剋木

木	火	土	金	水
유년	청년	중년	장년	노년
ㄱ, ㅋ	ㄴ ㄷ ㄹ ㅌ	ㅁ ㅂ ㅍ	ㅅ ㅈ ㅊ	ㅇ ㅎ
신맛	쓴맛	단맛	매운맛	짠맛
눈물	땀	침	콧물	오줌
少陽	太陽	균형	少陰	太陰
靑龍	朱雀	＊	白虎	玄武
暖	溫	濕	寒	冷
예민	창의	명석	직관	자발
직사각, 원통	삼각형	정사각형	원형	물결
腱(건): 힘줄	脈	근육	血	骨

4. 달의 別稱과 24節氣

	孟	仲	季
春	음력 1월 孟春	2월 仲春	3월 季春
夏	4월 孟夏	5월 仲夏	6월 季夏
秋	7월 孟秋	8월 仲秋	9월 季秋
冬	10월 孟冬	11월 仲冬	12월 季冬

　24節氣: 절기는 1년을 15일 간격으로 24등분해서 계절을 구분한 것인데, 이는 태양의 黃經에 맞춘 것이다. 1년을 12節氣와 12中氣로 나누고 이를 24절기라고 하는데, 절기는 한 달 중 월초에 해당하며 중기는 月中에 해당한다.

구　분	음　력	황　경	양　력	참　고
立春	1월 절	315	2월　4일경	봄의 시작, 立春大吉
雨水	1월 중	330	2월 19일경	봄비가 내리고 얼음이 녹음
驚蟄	2월 절	345	3월　6일경	개구리 동면 끝
春分	2월 중	0	3월 21일경	밤낮의 길이가 같음
淸明	3월 절	15	4월　5일경	논농사 준비
穀雨	3월 중	30	4월 20일경	못자리 마련
立夏	4월 절	45	5월　6일경	여름 시작, 냉이가 죽고 보리가 익는 때
小滿	4월 중	60	5월 21일경	모내기 시작
芒種	5월 절	75	6월　6일경	보리 수확, 모심기
夏至	5월 중	90	6월 21일경	낮길이 최고, 매미가 울기 시작
小暑	6월 절	105	7월　7일경	장마철 시작
大暑	6월 중	120	7월 23일경	가장 더움
立秋	7월 절	135	8월　8일경	단풍잎
處暑	7월 중	150	8월 23일경	더위 물러남. 아침저녁 일교차 커짐
白露	8월 절	165	9월　8일경	하얀 이슬
秋分	8월 중	180	9월 23일경	낮과 밤의 길이가 똑같음
寒露	9월 절	195	10월　8일경	찬이슬, 국화전
霜降	9월 중	210	10월 23일경	서리, 추수 마무리
立冬	10월 절	225	11월　7일경	겨울 시작, 물과 땅이 얼기 시작
小雪	10월 중	240	11월 22일경	첫 눈
大雪	11월 절	255	12월　7일경	큰 눈
冬至	11월 중	270	12월 22일경	가장 긴 밤, 팥죽
小寒	12월 절	285	1월　6일경	본격 추위
大寒	12월 중	300	1월 21일경	가장 추움

5. 나이의 別稱

나 이	호칭하는 단어	호칭의 이유, 혹은 근거
2～3세	提孩	提는 '들다', 孩는 '웃다'는 뜻. 兒孩도 같은 의미
15세	志學・6尺	학문에 뜻 두는 나이(十有五而志于學)・1척은 두 살 반 나이의 키(2.5x6＝15) 예)三尺童子
16세	瓜年	瓜가 八이 두 개 겹친 모양(2x8＝16)
20세	弱冠・元服	20살[弱]에 갓[冠]을 씀. 어른 되는 성례 때 쓰던 관식을 행한데서 유래
30세	而立	학문에 서는 나이(三十而立)
40세	不惑・强仕	미혹되지 않는 나이(四十而不惑). 四十曰强而仕(40세를 강이라 하는데, 벼슬길에 나간다)
48세	桑年	桑의 俗字모양이 十자 4개와 八인 데에서 연유
50세	知(天)命, 艾年	천명을 아는 나이(五十而知天命). 五十曰艾(『예기』)
60세	耳順・下壽	귀가 순해지는 나이(六十而耳順)
61세	還甲・回甲・華甲	태어 날 때의 甲子(干支)가 되는 해. 華자를 破字하면 十자 여섯 번과 一자가 되어 61세라는 의미
62세	進甲	새로운 干支가 시작됨
64세	破瓜	瓜가 八자 두 개임(8x8＝64). 관직에서 물러나는 정년을 일컬음
70세	從心・古稀	마음대로 해도 법규에 어긋나지 않는 나이(七十而從心所欲不踰矩). 杜甫의 詩 구절 '人生七十古來稀(사람이 70을 살기는 예로부터 드물었다)'에서 유래
71세	望八	80세를 바라보게 된 나이
77세	喜壽	喜자의 草書가 七十七을 세로로 겹친 것과 모양이 같음
80세	傘壽・中壽	傘자의 略字가 八十을 세로로 겹친 것과 모양이 같음
81세	望九・半壽	90세를 바라보게 된 나이. 半자를 파자하면 八十一임
88세	米壽	米자를 파자하면 八十八임
90세	卒壽	卒자의 俗字가 九十을 세로로 겹친 모양과 같음
91세	望百	百歲를 바라보게 된 나이
99세	白壽	白자의 모양이 百에서 一을 뺀 모양임
100세	上壽	가장 오래 살 수 있는 나이
108세	茶壽	茶자를 파자하면 1080이 됨

6. 가족 관계 呼稱과 稱號

1) 呼稱

① 宗族

子婦(자부): 며느리

玄孫(현손): 증손자의 아들, 혹은 5세손 이하를 칭하기도 함

姊(자): 손위 누이(누님)

妹(매): 손 아래 누이(여동생)

姪婦(질부): 조카의 아내

從孫(종손): 형제의 손자

從兄弟(종형제): 백부 숙부의 아들

堂姪(당질): 종형제의 아들

再從孫(재종손): 종형제의 손자

堂叔(당숙): 아버지의 종형제

再從兄弟(재종형제): 당숙의 아들

*** 아버지 형제들에 대한 호칭**

伯㕅 仲㕅 仲㕅..... 㕅 叔㕅 叔㕅.... 季㕅

② 戚黨(척당): 혼인으로 생기는 것

內從(내종): 고모의 자녀

姊兄(자형): 누님의 남편

妹夫(매부): 여동생의 남편

甥姪(생질): 여자 형제의 아들

甥姪女(생질녀): 여자 형제의 딸

外叔(외숙): 어머니의 남자 형제(외삼촌)

外從淑(외종숙): 어머니의 사촌 남자 형제

外從(외종): 외숙의 아들

姨從(이종): 이모의 자녀

姨姪(이질): 아내의 자매의 자녀

③ 夫黨(부당): 여자가 결혼해서 생기는 것

媤夫(시부)·媤母(시모): 남편의 아버지[舅(구)시아버지]와 어머니[姑(고)시어머니]

媤淑(시숙)·媤妹(시매): 남편의 남자 형제와 여자 형제

妻黨(처당): 남자가 결혼해서 생기는 것

聘父(빙부)·聘母(빙모): 아내의 아버지[丈人(장인)]와 어머니[丈母(장모)]

妻嫂(처수): 처남의 아내

妻姪(처질): 처남의 자녀

2) 稱號: 호칭이 공식적인 것이라면, 칭호는 실생활에서 (높여) 부르는 말이다.

	본인이 부를 때	타인이 부를 때
祖父	할아버지, 王父	王尊丈
祖母	할머니, 王母	王大夫人
父	아버지, 嚴父, 家父	春堂, 春府丈
母	어머니, 慈親	萱堂, 大夫人
叔父	私叔	王丈
外叔	外叔父, 内舅	謂陽丈
兄弟	舍伯, 舍仲, 舍季	伯氏, 仲氏, 季氏
外從	表兄, 表弟	
子	迷兒, 豚兒	允玉, 令胤
女	女息	令愛
孫子	兒孫, 迷孫	賢仍, 令仍
姪	舍姪, 姪兒	咸氏
一家	鄙族	貴族
妻	内子, 荊妻	閤夫人, 令夫人
丈人	聘父	岳父, 聘夫
婿	嬌客	玉潤, 婿郎

7. 結婚記念日을 나타내는 漢字語

紙婚式(지혼식): 1주년

藁婚式(고혼식): 2주년

糖菓婚式(당과혼식): 3주년

革婚式(혁혼식): 4주년

木婚式(목혼식): 5주년

象牙婚式(상아혼식): 14주년

銅婚式(동혼식): 15주년

磁器婚式(자기혼식): 20주년

銀婚式(은혼식): 25주년

眞珠婚式(진주혼식): 30주년

花婚式(화혼식): 6주년   珊瑚婚式(산호혼식): 35주년

電氣器具婚式(전기기구혼식)   碧玉婚式(벽옥혼식): 40주년

: 8주년

陶器婚式(도기혼식): 9주년   紅玉婚式(홍옥혼식): 45주년

錫婚式(석혼식): 10주년   金婚式(금혼식): 50주년

鋼鐵婚式(강철혼식): 11주년   回婚式(회혼식): 60주년

麻(絹)婚式(마혼식): 12주년   金剛石婚式(금강석혼식)

: 75주년

8. 각종 봉투 書式

* 돌, 백일

　* 男兒일 경우-弄璋之慶: 구슬을 가지고 노는 경사. 어린 아이들은 구슬치기를 하며 놀기 때문에 이르는 말.

　* 女兒일 경우-弄瓦之慶: 소꿉놀이 하는 경사. 계집아이들이 깨진 기와나 사금파리로 소꿉장난을 한데서 이르는 말.

　* 祝 出産(축출산), 祝 順産(축순산), 祝 誕生(축탄생), 祝 公主誕生(축공주탄생), 祝 得男(축득남)

* 결혼-**祝 儀**(축의), **祝 華婚**(축화혼), **祝 華燭**(축화촉), **祝 結婚**(축결혼) 등

　* '華燭'의 문자적인 의미는 '華麗한 촛불', 또는 '빛깔을 들인 초'라는 뜻이다. 그런데 예로부터 이러한 초는 結婚式과 같은

儀式에 사용했다. 따라서 '華燭을 밝힌다.'라고 하면 '結婚을 한다.'는 의미로 쓰이게 되었다.

＊회갑 – **壽 儀**(수의), **賀 儀**(하의), **祝 儀**(축의), **祝 壽宴**(축수연) 등

＊초상 – **賻儀**(부의), **謹弔**(근조), **弔儀**(조의), **香燭代**(향촉대: 향과 양초 값이라는 뜻) 등

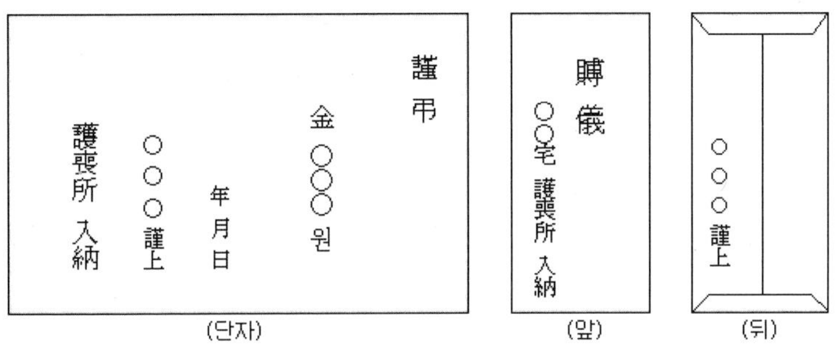

＊ **조문 절차**

① 외투는 밖에 벗어 둔다.

② 喪制에게 목례

③ 影幀 앞에 무릎 꿇고 분향할 준비

④ 焚香의 요령: 향나무를 깎아 만든 나무 향이면 오른손을 왼손으로 받치고 오른손의 엄지와 검지로 향을 집어 향로 속에 넣으며, 만수향처럼 긴 향은 오른손의 엄지와 검지로 1～2개 집어 성냥불이나 촛불에 붙인 다음 손가락으로 가만히 잡아서 끄던지, 왼손을 가볍게 흔들어 끈 다음 두 손으로 향로에 꽂는다(절대로 입으로 불어 끄지 말 것). 線香은 하나로 충분하며, 여러 개일 경우 모아서 불을 끄더라도 꽂을 때는 하나씩 꽂아야 한다. 그리고 향로에 타고

있는 향이 많은 경우 굳이 분향을 하지 않아도 되며, 여러 명이 함께 조문할 때에는 대표로 한 명만 분향하면 된다.

獻花하는 요령: 준비된 꽃을 한 송이씩 헌화한다. 꽃을 들고 제단 앞으로 나가 고개를 약간 숙이고 뿌리 쪽이 제단으로 향하도록 하여 왼손으로 꽃 쪽을 오른손은 뿌리 쪽을 쥐고 헌화대에 꽃을 바친다. 헌화하고 공수를 하고 묵념한다.

⑤ 영정에 재배(남자는 한 걸음 물러서 再拜한다. 여자는 4拜가 원칙이지만 재배도 무방하다)하고, 한 걸음 물러서서 상제와 맞절한 후 인사말을 한다. 조문객은 '삼가 조의를 표합니다.', '얼마나 슬프십니까?', '뭐라 드릴 말씀이 없습니다.', '患中이시라는 소식을 듣고도 찾아뵙지 못하여 죄송하기 짝이 없습니다.', '망극한 일을 당하셔서 어떻게 말씀드려야 좋을지 모르겠습니다(罔極이란 말은 부모상에만 쓰임).' 등의 인사말 정도로 조의를 표한다. 그러나 아무 말을 하지 않아도 무방하며, 친한 사이라면 葬地에 대해 물어볼 수 있다.

⑥ 부조금 내기

* **弔問시간**

弔喪의 연락을 받으면 즉시 가서 도와주어야 하는 처지가 아닌 사람은 상가에서 成服이 끝나기를 기다려 문상하는 것이 예의이다. 상을 당한 직후에는 아직 조문객을 맞을 준비가 되어 있지 않기 때문이다. 스스럼이 없는 사이라면 염습이나 입관을 마친 때도 좋다.

* **조문가서 삼가해야 할 일**

장례 진행에 불편을 주지 않기 위해 상제에게 많은 말을 시키지 말며 반가운 친구나 친지를 만나더라도 조용한 음성으로 말하고

고인의 사망 원인, 경위 등을 유족에게 묻지 않는 것이 바른 예절이나 간단히 경위를 묻는 일도 인정상 있을 수 있다. 조문하는 경우나 조문 받는 경우에 악수를 하는 것은 대단히 非禮이다. 또 슬픔을 나타내야 하는데 얼굴에 웃음을 띄는 경우는 삼가해야 한다.

* 弔喪갈 때의 옷차림

화려한 색이나 요란한 무늬의 옷은 피하고 검정색, 감색 등 짙은 빛깔 계열 또는 흰색의 옷을 입도록 하고 넥타이는 가급적 검정 색으로 한다. 한복이나 양복 정장을 하지 못할 상황이면 수수하고 깨끗한 느낌의 평상복을 입어도 되나, 스웨터나 집안에서 입는 옷차림은 삼가는 것이 좋다. 여성의 경우 화장을 짙게 하지 말고 액세서리도 하지 않는 것이 예의바른 차림새이다. 상가에 도착하면 오버나 코트 등은 대문 밖에서 벗어 들고 들어가도록 한다.

** 기독교식 조문 절차

① 獻花

② 고인에 대한 묵념이나 기도

③ 상주에 대한 맞절 내지는 상주 위로

④ 부조금 내기

*** 기독교식 조문을 받는 방법

喪主에게 인사하는 것은 괜찮지만 영구(靈柩) 앞에 절하는 것은 안 된다. 빈소의 영정 밑 적당한 곳에 <저희 장례는 기독교 상례대로 하오니 영구 앞에 절은 삼가주십시오>라고 써서 붙이는 것도 지혜로운 방법이다. 또한 상가에서 술, 담배를 대접하는 것은 바람직하지 않다. 또한 밤샘을 할 때에도 부도덕한 오락은 피해야 하며 조용히 찬송가를 부르거나 기도를 한다. 상주는 빈소를 떠나지 말아야 하며 슬픔에 싸인 유족들과 함께 위로 예배를 드린다.

또한 제사 음식은 차리지 않고, 死者의 사진을 가운데 게재한다. 조문객이 기도 전에 헌화할 수 있도록 화병에 하얀색 국화꽃을 50여 송이 정도 준비해둔다. 한편 비기독교인들의 조문을 위한 배려의 하나로 향과 향로를 제단 앞에 비치하는 것도 예의이다.

＊승진, 취임, 영전

　　祝 昇進(축승진. 직위가 오를 때)

　　祝 榮轉(축영전. 더 좋은 자리로 전임을 할 때)

　　祝 就任(축취임. 맡은 자리에 처음으로 일하러 나아갈 때)

　　祝 移任(축이임)

　　祝 遷任(축천임. 다른 관직이나 임지로 옮길 때)

　　祝 轉役(축전역. 다른 역종으로 편입될 때)

　　祝 戰役(축전역)

　　祝 赴任(축부임)

　　祝 進給(축진급)

＊개업, 창업

　　祝 發展 (축발전. 좋은상태로 나아가라고)

　　祝 開業 (축개업. 영업시작을 축하하며)

　　祝 盛業 (축성업. 사업이 잘되기를 바라며)

　　祝 繁榮 (축번영. 일이 성하게 잘되길 바라며)

　　祝 創立 (축창립. 창립을 축하하며)

祝 創設 (축창설. 새롭게 시작함을 축하하며)

祝 創刊 (축창간. 정기간행물지를 시작했을 때)

祝 移轉 (축이전. 사업장을 옮겼을 때)

祝 開院 (축개원. 병원,학원 등의 설립을 축하하며)

祝 開館 (축개관. 도서관,박물관 등의 설립을 축하하며)

祝 開店 (축개점)

祝 萬事亨通 (축만사형통)

9. 紙榜 書式

① 父의 경우

顯考學生府君神位

한자, 한자어 풀이

[顯(현)나타나다] [考(고)죽은 아비] [學生(학생)벼슬이 없는 경우 쓰는 일반적인 호칭. 만약 벼슬이 있으면 이 자리에 벼슬 이름을 씀] [府君(부군)亡父나 조상을 높여 부르는 말] [位(위) 자리]

국역 돌아가신 학생 벼슬을 하신 아버님 신이 나타나는 자리.

② 母의 경우

顯妣孺人000氏神位

[妣(비)죽은 어머니] [孺人(유인) 孺는 '딸리다'의 뜻으로 남편에게 딸린 사람이라는 말인데, 원래 大夫의 아내를 나타내다가 시간이 흐르면서 일반적인 '부인네'의 의미로 쓰임.] [000 氏: 여기에는 亡者의 본관과 성씨를 적음]

풀이 돌아가신 어머님이신 00 0씨의 신이 나타나는 자리.

* 부모의 지방을 동시에 쓰는 경우는 쓰는 사람이 볼 때 아버지는 왼쪽, 어머니는 오른쪽에 쓴다(男左女右나 喪事일 경우는 순서가 바뀜).

** 할아버지 경우는 考 대신 祖考라고 쓰고, 할머니 경우는 妣 대신 祖妣라고 쓴다.

*** 아래 예시에서 벼슬을 지냈을 경우 '學生' 대신에 벼슬을 넣고, '江陵 金' 대신에 자신의 본관과 성씨를 넣으면 됨

고조부모 (기본양식)	증조부모 (기본양식)	조부모 (기본양식)	부모 (기본양식)	백숙부모 (기본양식)	형/형수 (기본양식)
顯高祖妣孺人江陵金氏神位 顯高祖考學生府君神位	顯曾祖妣孺人江陵金氏神位 顯曾祖考學生府君神位	顯祖妣孺人江陵金氏神位 顯祖考學生府君神位	顯妣孺人江陵金氏神位 顯考學生府君神位	顯伯叔母孺人江陵金氏神位 顯伯叔父學生府君神位	顯兄嫂孺人江陵金氏神位 顯兄學生府君神位

10. 傳統的인 祭床차리는 법

＊**祭需**: **祭需**를 **祭床**에 **陳設**하는 순서는 **家門**에 따라 많은 차이가 있다.

일반적으로 공통적인 점은 다음과 같다.

左脯右醢: 포는 왼편에 놓고 식혜는 오른편에 놓음

魚東肉西: 魚類는 동쪽에 놓고 肉類는 서쪽에 놓음

頭東尾西: 머리는 동쪽으로 향하게 하고 꼬리는 서쪽으로 향하게 함

紅東白西: 붉은 것은 동쪽에 놓고 흰 것은 서쪽에 놓음

生東熟西: 익히지 않는 것은 동쪽에 익힌 것은 서쪽에 놓음

棗栗柿梨: 대추 밤 감 배의 순서로 놓음

飯左羹右: 밥은 왼쪽에 국은 오른쪽에 놓음

＊祭床 차리기

① 神位 바로 앞줄은 메, 국, 떡 그리고 수저와 젓가락을 담은 접시를 놓는다. 곡식으로 된 祭需를 한 줄로 차린다.

② 다음 줄은 湯줄이라 하여 세 가지 탕을 가운데 놓고 炙을 탕 양쪽으로 놓는다.

③ 다음 줄은 고기 줄이라 하여 생선은 오른쪽에 놓고 고기는 왼쪽에 놓는다.

④ 다음 줄은 채소 줄이다. 오른쪽으로부터 山菜(고사리, 취나물, 도라지), 家菜(무나물, 콩나물, 숙주나물, 가지나물), 海菜(우뭇가사리, 파래, 미역)순으로 놓는다.

⑤ 다섯째 줄은 과일 줄로 왼쪽으로부터 대추, 밤, 곶감, 배 순서로 놓고 이어서 유과, 강정 등을 놓는다.

＊脯는 고기 줄에 놓으나 문어만은 대부분 과일 줄에 놓고 식혜는 유자와는 달리 술잔 옆에 놓는다.

＊김치와 간장은 한 줄로 치지 않고, 첫 메 줄과 두 번째 메 사이에 놓는다.

＊술잔, 김치, 간장, 식혜는 한 줄로 치지 않고 탕줄 가까이 놓는다.

＊생선은 머리를 오른쪽으로 향하게 하며 배 부분이 메 있는 쪽으로 가고 등 부분이 과일 쪽으로 가게 놓는다. 이는 배가 등보다 더 중요하고 또 앞이라는 뜻이다.

* 神位를 중심으로 하여 메와 술이 가장 가까우며 김치와 간장을 고기보다 더 중요시한다. 같은 고기라도 찌거나 삶아서 놓은 것보다 구운 것을 더 중요시하고 구운 것보다는 끓인 탕을 더 중요시한다.
* 채소는 산에서 채취한 나물을 집에서 기른 것보다 중요시한다.

일반적인 祭饌圖

11. 名, 字, 號, 堂號, 諡號, 廟號, 諱

① 名

이름이라고 할 때 그 속에는 실로 다양한 내용이 포함된다. 정식 이름을 포함해서 兒名, 別名이 있고, 그밖에 字, 號, 諡號, 堂號, 宅號, 法名, 藝名, 假名 등이 있다. 이렇게 이름의 종류가 다양한 것은 선조들이 이름을 중요하게 여겼고 관심이 많았음을 보여주는 것이라고 할 수 있다. 지금은 흔히 '이름은 부르라고 있는 거지...'라고 하면서 아무렇지도 않게 서로의 이름을 부르지만, 그렇다고 해서 손윗사람이나 어른들, 또는 부모, 조상, 선생님 등의 이름을 함부로 부르지는 않는다. 이를 諱[(휘)꺼리다]라고 하는데 '꺼려서 함부로 하지 않는다.'는 뜻이다. 결국은 이름을 함부로 부르지 않기 위해 다른 이름이 필요했는데, 가장 널리 사용된 것이 字와 號이다.

② 字

본명 대신 부르는 이름 중 가장 흔한 것이다. 어렸을 때는 兒名이나 본명을 부르는데 어느 정도 장성하면 예우를 하는 차원에서 字를 지어 불렀다. 대략 冠禮를 치루는 20세에 집안의 어른이나 선생님이 字를 지어 준다. 주로 이름과 관련해서 짓기도 하고, 글자의 뜻이 좋은 것을 사용하여 의미를 좋게 하기도 하고, 經典에서 좋은 글자를 따오기도 한다. 字를 갖는다는 것은 이처럼 성인이 되었다는 것을 의미하기도 하는데, 20세가 되지 않아도 자는 지을 수 있는 것에 세 가지 경우가 있다. 장가들었거나, 과거에 합격했거나,

부모 중의 한 분의 喪을 치루었을 때이다. 이 세 경우 모두 머리에 冠을 쓴다는 공통점이 있고, 어른 대접을 받을 만한 일을 경험했다는 공통점이 발견된다. 字는 윗사람이 아랫사람을 부를 때, 또는 동년배들끼리 서로 부를 때 사용했고, 혹 양반이 中人 같이 신분이 낮은 사람에게 나이에 관계없이 사용했다.

③ 號

호는 글자 그대로 부른다는 뜻이다. 아랫사람이 윗사람을 부를 때 사용했다. 호를 좀 더 세분하면 雅號와 別號로 나눌 수 있는데, 특수한 구분이 있는 것은 아니다. 아호는 상대방의 호를 점잖게 표현한 말이다. 즉 '우아한 호'라는 의미로서, "선생의 호는 무엇입니까?"라고 묻는 것보다는 "선생님의 아호는 무엇입니까?"라고 물으면 훨씬 점잖아 보인다. 별호는 여기서 말하는 호라는 의미와는 좀 달리 별명에 가깝다고 할 만한 것이다. 호는 뒤에 존대어를 붙일 필요가 없으므로 나이 차이가 조금씩 나는 경우 허물없이 지내려고 부르기도 한다.('정약용 선생'이라고 해야 하지만, 호를 사용할 때는 굳이 '다산 선생'이라고 할 필요는 없다.)

④ 堂號

堂號란 그가 살고 있는 집[堂]의 이름을 말한다. 정약용의 호는 茶山이고, 당호는 '與猶堂'인데, 그의 文集의 이름 역시 당호를 따서 『與猶堂全書』라고 하였다. 與는 '여(犭+與)'와 통하는 글자인데 개 모양의 짐승 이름이며, 유(猶)는 원숭이의 한 종류라고 한다. (猶는 고라니와 같은데 나무를 잘 오른다.『爾雅』) 그런데 일설에 의하면 이 짐승은 앞뒤의 발이 각각 짧고 길기 때문에 둘이 서로 의지해야 움직일 수 있다고 한다. 다산은 바로 자신이 이처럼 '완전하지 못한 사람'이라는 謙讓의 의미로 '여유'라는 말을 당호로 썼다고 한다.

당호는 堂자 외에 館, 軒, 閣, 齋 등을 사용했다. 여성의 경우 당호가 많은데, 사임당(堂), 蘭雪軒 등이 그런 경우이다. 특히 여염집 아낙네를 부른 때 시집오기 전의 고향(고을) 이름을 앞에 놓고 '아무아무댁(宅)'이라고 하는 것을 '택호'라고 하는데, 이 역시 당호와 유사하다고 할 수 있다.

⑤ 諡號와 廟號

죽은 이의 생전의 공덕을 기리기 위해 임금이 특별히 내리는 것을 諡號라고 한다. 당사자가 생전에 어떤 일을 했으며, 어떤 공을 세웠느냐에 따라 글자를 선택해서 하사했다. 儒學者나 文人인 경우는 '文'자를, 武人의 경우는 '武'를 쓴 것 등이 그런 예이다. 유학자인 安珦과 李珥는 '文成'이 시호이며, 이순신은 '忠武'가 시호이다.

廟號란 임금의 '사당 이름'이라는 뜻이다. 英祖 임금이 살았을 때는 영조라고 하지 않았다. 당시 사람들은 임금을 현재 임금이란 뜻으로 '今上'이라고 했다. 그리고 임금이 죽고 나면 드디어 묘호를 정하는데 '영조'란 칭호는 그 때 정한 '묘호'인 것이다. 따라서 영조 임금을 '英廟'라고도 한다. 신하들은 임금이 큰 일을 해결하거나 좋은 일을 무난히 처리하거나 혹은 경사가 있으면 4句의 문장을 對偶를 맞춰 지어 올린다. 이 글귀는 차곡차곡 쌓이는데, 임금 사후 이것이 그 임금이 재위 시절을 상징하는 말이 되고 곧 묘호가 된다. 묘호에는 모두 宗을 쓰는 것이 관례이다. 그러나 나라를 창업한 왕은 특별히 祖를 쓴다(예: 이성계 – 太祖). 다만 창업한 만큼 守成 역시 힘 드는 것이므로, 창업과 비견될 만한 어려움을 극복한 왕에게도 또한 ‘祖’를 붙인다(예: 世祖 – 단종을 제거하고 새로 기틀을 잡음, 宣祖 – 임진·정유란 극복, 仁祖 – 병자호란 극복. 한편 중간에 밀려난 광해군과 연산군은 대군 시절의 이름을 그대로 사용). 또 임금에게는 陵號가 있어 묘호 대신 능호로도 불린다. ‘穆陵盛世’라는 말이 있는데, 목릉은 宣祖의 능호이고 盛世는 ‘융성한 시대’라는 뜻이므로, 이 말은 ‘宣祖 시대의 문학이 융성했던 것’을 지칭하는 말이다.

⑥ 諱

이름을 부르지 않는 것을 ‘諱한다’라고 한다. 諱는 ‘피한다, 꺼린다’의 뜻인데, 죽은 사람의 이름은 나이에 관계없이 부르지 않았으므로 죽은 사람의 이름을 諱라고도 한다(生名死諱: 산 사람은 이름, 죽은 사람은 휘라고 함). 우리나라에서는 孔子와 孟子의 이름인 ‘丘’와 ‘軻’를 휘하였고, 심지어는 朱子의 이름인 ‘熹’를 휘하여 熹의 밑 부분 灬 대신 心으로 바꿔 쓴 사람도 있었다. 임금의 이름도 그 임금이 살아있는 동안에는 사용하지 못하게 했다. 고려 임금 중에 武라는 이름을 가진 사람이 있어 武를 못쓰게 되자, 의미(무섭다는 뜻)가 비슷한 虎로 바꿔 쓴 데서 武班 대신 虎班으로 쓰게 하여 지금도 武자를 ‘호반 무’라고 하는 결과를 낳게 했고, 堯를 못쓰게 되자 중국 요임금을 高라고 부른 때도 있었다. 중국의 어떤 이는 아버지 이름에 進자가 있다하여 進士 시험을 치지 않은 이가 있었을 정도로 휘의 역사는 길고 또 완고했다. 때문에 왕이 아들의 이름을 지을 때는 잘 사용하지 않는 글자[이를 僻字라고 함]를 사용했다. 일반 가정에서도 아이의 이름을 지을 때 지명, 산천의 이름, 제사, 동물의 이름 등 일상생활에서 흔히 사용되는 단어는 사용하지 않았다. 일상생활 중에 아버지나 할아버지의 이름을 함부로 부르는 불경한 죄를 후손들이 범하지 않게 하기 위해서였던 것이다.

諱 때문에 한자가 바뀐 곳이 지금의 광역시 '大邱'이다. 대구의 본래 이름은 '大丘'였다. 丘가 邱로 바뀌게 된 것은 孔子 때문이라고 한다. 예전에는 조상과 임금의 이름은 물론이고 聖人의 이름을 함부로 부르지 못했는데, '丘'는 바로 공자의 이름이었던 것이다. 『朝鮮王朝實錄』에 의하면 1750년(영조 26) 大丘의 儒生 이양채가 丘자는 大聖 孔子의 諱이므로 이를 改稱해야 한다는 상소를 올렸다. 왕은 이를 허락하지 않았지만, 1780년대 이후로 자연스럽게 '大邱'로 쓰이기 시작했다고 한다.

12. 八道名의 由來와 지방의 別稱 (*표는 조선 시대 때 달리 불리던 명칭)

咸鏡道 – 咸興 + 鏡城 – *永吉道, 咸吉道, 永安道

平安道 – 平壤 + 安州

黃海道 – 黃州 + 海州 – *豊海道, 黃延道

江原道 – 江陵 + 原州 – *原襄道, 江襄道, 原春道

京畿道 - 서울[京]을 둘러싼 근기[近畿]

忠淸道 - 忠州 + 淸州 - *忠公道, 淸公道, 淸洪道, 公淸道,
　　　　　　　　　　　公洪道, 忠洪道, 公忠道

全羅道 - 全州 + 羅州 - *全光道

慶尙道 - 慶州 + 尙州

이상에서 보듯이, 우리나라 각 도의 명칭은 그 지방의 주요 도시 이름 두 개를 합친 것이라고 볼 수 있다. 즉, 忠淸道는 忠州와 淸州의 첫 글자를 따서 이름 한 것이고, 경상도는 慶州·尙州에서, 全羅道는 全州·羅州에서, 咸鏡道는 咸興·鏡城에서 따온 것이다. 그렇다면 京畿道라는 도명은 어디에 연유할까?

예전 중국에서는 수도의 외곽 80리를 '郊[(교)성밖]'라고 하고, 수도의 인접 지역으로 중요하게 여겼다. 임금이 죽으면 郊에 장사를 지냈으며, 또 이 지역 山川의 神에게 제사를 지내기도 했는데, 이를 郊祭라고 했다. 또 수도 밖 300리(혹 500리로 보는 경우도 있음)를 畿라고 하고 임금이 친히 다스리는 지역으로 삼았다. 京畿는 바로 서울을 뜻하는 京과 畿 지역을 아우른 명칭인 것이다. 따라서 경기도의 위치는 시대에 따라 다르다. 고려는 개성이 수도였으므로 지금의 황해도 지역이 경기도였다.

*地方의 別稱

畿湖 - 京畿와 호서(湖西 - 충청도)를 합쳐 부르는 말

西道 - 황해도와 평안도

西北 - 황해도와 평안도와 함경도

兩界 - 東界인 함경도와 北界(또는 西界)인 평안도

嶺南 – 鳥嶺 남쪽. 경상도

嶺東 – 大關嶺의 동쪽(關東이라고도 함)

嶺西 – 大關嶺의 서쪽 강원도 지방

湖南 – 湖(호수, 즉 김제의 벽골제)의 남쪽. 전라도

湖西 – 湖(제천의 의림지)의 서쪽. 충청도

關西 – 關(鐵領關)의 서쪽. 평안도

關北 – 關(鐵領關)의 북쪽. 함경도

三南 – 충청, 전라, 경상

海西 – 황해도(경기해의 서쪽)

13. 뜻이 비슷한 漢字

歌(노래 가) – 謠(노래 요)

間(사이 간) – 隔(사이 뜰 격)

檢(검사할 검) – 査(조사할 사)

牽(끌 견) – 引(끌 인)

經(지날 경) – 過(지날 과)

雇(품살 고) – 傭(품팔이 용)

恐(두려울 공) – 怖(두려워할 포)

空(빌 공) – 虛(빌 허)

過(지날 과) – 去(갈 거)

貫(꿸 관) – 通(통할 통)

歸(돌아갈 귀) – 還(돌아올 환)

記(기록할 기) – 錄(기록할 록)

飢(주릴 기) – 餓(주릴 아)

覺(깨달을 각) – 悟(깨달을 오)

康(튼튼할 강) – 健(튼튼할 건)

揭(들 게) – 揚(오를 양)

境(지경 경) – 界(지경 계)

繼(이을 계) – 續(이을 속)

恭(공손할 공) – 敬(공경할 경)

貢(바칠 공) – 獻(바칠 헌)

攻(칠 공) – 擊(부딪칠 격)

貫(꿸 관) – 徹(통할 철)

具(갖출 구) – 備(갖출 비)

根(뿌리 근) – 本(뿌리 본)

饑(주릴 기) – 饉(흉년들 근)

盜(도둑 도) – 賊(도둑 적)

到(이를 도) － 達(이를 달)　　　　敦(도타울 돈) － 篤(도타울 독)
洞(마을 동) － 里(마을 리)　　　　勉(힘쓸 면) － 勵(힘쓸 려)
滅(멸할 멸) － 亡(망할 망)　　　　茂(무성할 무) － 盛(성할 성)
返(돌아올 반) － 還(돌아올 환)　　叛(배반할 반) － 逆(거스를 역)
保(지킬 보) － 護(보호할 호)　　　扶(도울 부) － 助(도울 조)
部(떼 부) － 隊(떼 대)　　　　　　附(붙을 부) － 屬(붙을 속)
墳(무덤 분) － 墓(무덤 묘)　　　　思(생각할 사) － 慮(생각할 려)
事(일 사) － 件(사건 건)　　　　　算(셀 산) － 數(셀 수)
生(날 생) － 蘇(깨어날 소)　　　　釋(풀 석) － 放(놓을 방)
洗(씻을 세) － 濯(씻을 탁)　　　　消(사라질 소) － 耗(덜 모)
掃(쓸 소) － 除(제할 제)　　　　　守(지킬 수) － 衛(지킬 위)
尋(찾을 심) － 訪(찾을 방)　　　　哀(슬플 애) － 悼(슬플 도)
連(이을 련) － 絡(이을 락)　　　　連(이을 련) － 繫(맬 계)
年(해 년) － 歲(해 세)　　　　　　榮(꽃 영) － 華(꽃 화)
憂(근심할 우) － 愁(시름 수)　　　怨(원망할 원) － 恨(한할 한)
幼(어릴 유) － 兒(아이 아)　　　　隆(높을 륭) － 盛(성할 성)
隆(높을 륭) － 昌(창성할 창)　　　意(뜻 의) － 志(뜻 지)
理(다스릴 리) － 治(다스릴 치)　　利(이로울 리) － 益(더할 익)
仁(어질 인) － 慈(사랑할 자)　　　慈(사랑할 자) － 愛(사랑 애)
戰(싸울 전) － 爭(다툴 쟁)　　　　淨(깨끗할 정) － 潔(깨끗할 결)
庭(뜰 정) － 園(동산 원)　　　　　製(지을 제) － 造(지을 조)
終(끝날 종) － 了(마칠 료)　　　　俊(준걸 준) － 傑(뛰어날 걸)
俊(준걸 준) － 秀(빼어날 수)　　　中(가운데 중) － 央(가운데 앙)
增(더할 증) － 加(더할 가)　　　　倉(곳집 창) － 庫(곳집 고)
菜(나물 채) － 蔬(푸성귀 소)　　　尺(자 척) － 度(자 도)
淸(맑을 청) － 潔(깨끗할 결)　　　淸(맑을 청) － 淨(깨끗할 정)
村(마을 촌) － 落(마을 락)　　　　趣(뜻 취) － 旨(뜻 지)
層(층 층) － 階(섬돌 계)　　　　　捕(사로잡을 포) － 獲(얻을 획)
畢(마치다 필) － 竟(끝나다 경)　　抗(막을 항) － 拒(막을 거)
恒(항상 항) － 常(항상 상)　　　　核(씨 핵) － 仁(씨 인)
混(섞을 혼) － 雜(섞일 잡)　　　　和(화목하다 화) － 睦(화목하다 목)

確(확실할 확) - 的(확실할 적)　　歡(기뻐할 환) - 喜(기쁠 희)
皇(임금 황) - 帝(임금 제)　　休(쉴 휴) - 息(쉴 식)
希(바랄 희) - 望(바랄 망)

14. 뜻이 대등한 漢字

干(방패 간) ↔ 戈(창 과)　　　甘(달 감) ↔ 苦(쓸 고)
强(굳셀 강) ↔ 弱(약할 약)　　巨(클 거) ↔ 小(작을 소)
乾(하늘 건) ↔ 坤(땅 곤)　　　乾(마를 건) ↔ 濕(젖을 습)
結(맺을 결) ↔ 解(풀 해)　　　慶(경사 경) ↔ 弔(조상할 조)
經(날줄 경) ↔ 緯(씨줄 위)　　輕(가벼울 경) ↔ 重(무거울 중)
姑(시어미 고) ↔ 婦(며느리 부)　高(높을 고) ↔ 低(밑 저)
曲(굽을 곡) ↔ 直(곧을 직)　　屈(굽을 굴) ↔ 伸(펼 신)
貴(귀할 귀) ↔ 賤(천할 천)　　勤(부지런할 근) ↔ 怠(게으름 태)
今(이제 금) ↔ 古(예 고)　　　吉(길할 길) ↔ 凶(흉할 흉)
多(많을 다) ↔ 少(적을 소)　　旦(아침 단) ↔ 夕(저녁 석)
短(짧을 단) ↔ 長(길 장)　　　單(홑 단) ↔ 複(겹칠 복)
淡(묽을 담) ↔ 濃(짙을 농)　　貸(빌려줄 대) ↔ 借(빌릴 차)
得(얻을 득) ↔ 失(잃을 실)　　樂(즐거울 락) ↔ 苦(쓸 고)
來(올 래) ↔ 去(갈 거)　　　　賣(팔 매) ↔ 買(살 매)
矛(창 모) ↔ 盾(방패 순)　　　文(글월 문) ↔ 武(굳셀 무)
問(물을 문) ↔ 答(대답 답)　　物(만물 물) ↔ 心(마음 심)
美(아름다울 미) ↔ 醜(더러울 추)　發(쏠 발) ↔ 着(붙을 착)
防(막을 방) ↔ 放(놓을 방)　　腹(배 복) ↔ 背(등 배)
伏(엎드릴 복) ↔ 起(일어날 기)　本(밑 본) ↔ 末(끝 말)
夫(지아비 부) ↔ 妻(아내 처)　父(아비 부) ↔ 母(어미 모)
浮(뜰 부) ↔ 沈(가라앉을 침)　貧(가난할 빈) ↔ 富(부자 부)
私(사사로울 사) ↔ 公(공변될 공)　賞(상줄 상) ↔ 罰(죄 벌)

常(항상 상) ↔ 特(특별할 특)
上(위 상) ↔ 下(아래 하)
生(날 생) ↔ 死(죽을 사)
善(착할 선) ↔ 惡(악할 악)
盛(성할 성) ↔ 衰(쇠할 쇠)
疎(드물 소) ↔ 密(빽빽할 밀)
消(사라질 소) ↔ 息(생길 식)
送(보낼 송) ↔ 迎(맞이할 영)
首(머리 수) ↔ 尾(꼬리 미)
需(구할 수) ↔ 給(줄 급)
受(받을 수) ↔ 授(줄 수)
守(지킬 수) ↔ 攻(칠 공)
手(손 수) ↔ 足(발 족)
昇(오를 승) ↔ 降(내릴 강)
勝(이길 승) ↔ 負(질 부)
視(볼 시) ↔ 聽(들을 청)
始(처음 시) ↔ 終(마칠 종)
伸(펼 신) ↔ 縮(줄일 축)
新(새 신) ↔ 舊(예 구)
深(깊을 심) ↔ 淺(얕을 천)
安(편안할 안) ↔ 危(위태할 위)
愛(사랑 애) ↔ 憎(미워할 증)
哀(슬플 애) ↔ 歡(기뻐할 환)
抑(누를 억) ↔ 揚(날릴 양)
榮(영화 영) ↔ 辱(욕 욕)
溫(따뜻할 온) ↔ 冷(찰 랭)
緩(느릴 완) ↔ 急(급할 급)
優(넉넉할 우) ↔ 劣(못할 렬)
有(있을 유) ↔ 無(없을 무)
隱(숨길 은) ↔ 顯(나타날 현)
陰(응달 음) ↔ 陽(볕 양)
易(쉬울 이) ↔ 難(어려울 난)
異(다를 이) ↔ 同(한가지 동)
益(더할 익) ↔ 損(덜 손)
因(인할 인) ↔ 果(결과 과)
雌(암컷 자) ↔ 雄(수컷 웅)
自(스스로 자) ↔ 他(다를 타)
子(아들 자) ↔ 女(여자 녀)
長(어른 장) ↔ 幼(어릴 유)
戰(싸울 전) ↔ 休(쉴 휴)
靜(고요할 정) ↔ 動(움직일 동)
早(이를 조) ↔ 晚(저물 만)
朝(아침 조) ↔ 夕(저녁 석)
坐(앉을 좌) ↔ 立(설 립)
尊(높을 존) ↔ 卑(낮을 비)
存(있을 존) ↔ 廢(폐할 폐)
縱(세로 종) ↔ 橫(가로 횡)
主(주인 주) ↔ 客(손 객)
晝(낮 주) ↔ 夜(밤 야)
衆(무리 중) ↔ 寡(적을 과)
增(더할 증) ↔ 減(덜 감)
眞(참 진) ↔ 僞(거짓 위)
贊(찬성 찬) ↔ 反(반대 반)
天(하늘 천) ↔ 地(땅 지)
添(더할 첨) ↔ 削(깎을 삭)
晴(갤 청) ↔ 雨(비 우)
出(날 출) ↔ 沒(가라앉을 몰)
治(다스릴 치) ↔ 亂(어지러울 란)
親(친할 친) ↔ 疎(성글 소)
閉(닫을 폐) ↔ 開(열 개)
表(겉 표) ↔ 裏(속 리)
彼(저 피) ↔ 此(이 차)

寒(찰 한) ↔ 暖(따뜻할 난)　　鄕(시골 향) ↔ 京(서울 경)
賢(어질 현) ↔ 愚(어리석을 우)　好(좋을 호) ↔ 惡(악할 악)
禍(재앙 화) ↔ 福(복 복)　　　厚(두터울 후) ↔ 薄(엷을 박)
黑(검을 흑) ↔ 白(흰 백)　　　興(일어날 흥) ↔ 亡(망할 망)

15. 잘못 읽기 쉬운 漢字音

※ (　　) 안은 틀린 음

可矜 가긍(가금)	恪別 각별(격별)	姦慝 간특(간악)
看做 간주(간고)	戡定 감정(심정)	降下 강하(항하)
坑道 갱도(항도)	醵出 갹출(거출)	揭示 게시(계시)
更迭 경질(갱질)	驚蟄 경칩(경첩)	誇張 과장(오장)
刮目 괄목(활목)	壞滅 괴멸(회멸)	攪亂 교란(각란)
敎唆 교사(교준)	丘陵 구릉(구능)	口腔 구강(구공)
口碑 구비(구패)	句讀 구두(구독)	救恤 구휼(구혈)
求愛 구애(구득)	詭辯 궤변(위변)	龜裂 균열(구열)
近況 근황(근항)	拿捕 나포(합포)	難澁 난삽(난습)
捏造 날조(날고)	捺印 날인(나인)	內人 나인(내인)
茶菓 다과(차과)	茶店 다점(차점)	團欒 단란(단락)
撞着 당착(동착)	陶冶 도야(도치)	鈍濁 둔탁(돈탁)
登攀 등반(등거)	烙印 낙인(각인)	來往 내왕(내주)
掠奪 약탈(경탈)	濾過 여과(노과)	鹿茸 녹용(녹이)
蔓延 만연(만정)	邁進 매진(만진)	驀進 맥진(막진)
萌芽 맹아(붕아)	明澄 명징(명증)	木瓜 모과(목과)
杳然 묘연(향연)	巫覡 무격(무현)	拇印 무인(모인)
未洽 미흡(미합)	剝奪 박탈(녹탈)	撲滅 박멸(복멸)
撲殺 박살(복살)	頒布 반포(분포)	拔萃 발췌(발치)
潑剌 발랄(발자)	幇助 방조(봉조)	便秘 변비(편비)

兵站 병참(병첨)	不朽 불후(불구)	比喩 비유(벽유)
沸騰 비등(불등)	憑藉 빙자(빙적)	使嗾 사주(사족)
奢侈 사치(사다)	詐欺 사기(사취)	索漠 삭막(색한)
撒布 살포(산포)	相殺 상쇄(상살)	省略 생략(성략)
書簡 서간(서한)	洗滌 세척(세조)	甦生 소생(갱생)
遡及 소급(삭급)	殺到 쇄도(살도)	水洗 수세(수선)
猜忌 시기(청기)	示唆 시사(시준)	諡號 시호(익호)
十方 시방(십방)	齷齪 악착(악족)	斡旋 알선(간선)
謁見 알현(알견)	愛玩 애완(애원)	隘路 애로(익로)
惹起 야기(약기)	役割 역할(역활)	嗚咽 오열(명인)
汚辱 오욕(오진)	渦中 와중(과중)	訛傳 와전(화전)
緩和 완화(난화)	歪曲 왜곡(의곡)	凹凸 요철(요돌)
窯業 요업(질업)	容喙 용훼(용탁)	雨雹 우박(우포)
遊說 유세(유설)	吟味 음미(금미)	凝結 응결(의결)
弛緩 이완(치완)	移徙 이사(이도)	溺死 익사(약사)
一括 일괄(일활)	一切 일체(일절)	剩餘 잉여(승도)
孜孜 자자(고고)	自刎 자문(자물)	暫定 잠정(참정)
將帥 장수(장사)	裝塡 장전(장진)	奠幣 전폐(존폐)
措置 조치(차치)	稠密 조밀(주밀)	造詣 조예(조지)
奏請 주청(진정)	躊躇 주저(수저)	憎惡 증오(증악)
叱責 질책(힐책)	桎梏 질곡(지고)	執拗 집요(집유)
捉來 착래(촉래)	懺悔 참회(섬회)	暢達 창달(장달)
漲溢 창일(장익)	喘息 천식(단식)	闡明 천명(단명)
尖端 첨단(연단)	涕泣 체읍(제읍)	諦念 체념(제념)
忖度 촌탁(촌도)	秋毫 추호(추모)	追悼 추도(추탁)
衷心 충심(애심)	熾烈 치열(식열)	彈劾 탄핵(탄효)
綻露 탄로(정로)	攄得 터득(여득)	慟哭 통곡(동곡)
洞察 통찰(동찰)	堆敲 퇴고(추고)	破綻 파탄(파정)
跛立 피립(파립)	瓣得 판득(변득)	敗北 패배(패북)
覇權 패권(파귀)	平坦 평탄(평단)	捕捉 포착(포촉)
褒賞 포상(보상)	輻輳 폭주(복주)	風味 풍미(풍마)

割引 할인(활인)　　陝川 합천(협천)　　肛門 항문(홍문)
行列 항렬(행렬)　　降將 항장(강장)　　解弛 해이(해지)
諧謔 해학(개학)　　享樂 향락(형락)　　現況 현황(현황)
絢爛 현란(순란)　　荊棘 형극(형자)　　忽然 홀연(총연)
花瓣 화판(화변)　　廓然 확연(곽연)　　滑走 활주(골주)
黃疸 황달(황단)　　恍惚 황홀(광홀)　　嚆矢 효시(고시)
嗅覺 후각(취각)　　麾下 휘하(마하)　　欣快 흔쾌(흠쾌)
恰似 흡사(합사)

16. 모양이 비슷한 漢字

佳 아름다울 가(佳人 가인)　　　住 살 주(住宅 주택)
往 갈 왕(往來 왕래)

加 더할 가(加減 가감)　　　　　功 공 공(功勞 공로)

可 옳을 가(可否 가부)　　　　　司 맡을 사(司令官 사령관)

各 각각 각(各自 각자)　　　　　名 이름 명(名銜 명함)

閣 누각 각(樓閣 누각)　　　　　閤 쪽문 합(守閤 수합)

刻 새길 각(彫刻 조각)　　　　　核 씨 핵(核心 핵심)
該 그 해(該當 해당)

殼 껍질 각(地殼 지각)　　　　　穀 곡식 곡(穀物 곡물)

干 방패 간(干城 간성)　　　　　于 어조사 우(于先 우선)

千 일천 천(千萬 천만)

刊 책펴낼 간(刊行 간행)　　　　　刊 끊을 천

幹 줄기 간(幹部 간부)　　　　　幹 돌 알(幹旋 알선)
減 덜 감(減少 감소)　　　　　　滅 멸망할 멸(滅亡 멸망)

甲 첫째천간 갑(甲乙 갑을)　　　申 펼 신(申告 신고)
由 말미암을 유(理由 이유)　　　田 밭 전(田畓 전답)

腔 빈속 강(腹腔 복강)　　　　　控 당길 공(控除 공제)

鋼 굳셀 강(鋼鐵 강철)　　　　　綱 벼리 강(綱領 강령)
網 그물 망(魚網 어망)

客 손 객(賓客 빈객)　　　　　　容 얼굴 용(容貌 용모)

坑 구덩이 갱(坑道 갱도)　　　　抗 겨룰 항(抵抗 저항)

巨 클 거(巨人 거인)　　　　　　臣 신하 신(君臣 군신)

件 물건 건(要件 요건)　　　　　伴 짝 반(同伴 동반)

儉 검소할 검(儉素 검소)　　　　險 험할 험(險難 험난)
檢 검사할 검(點檢 점검)

建 세울 건(建築 건축)　　　　　健 건강할 건(健康 건강)

堅 굳을 견(堅實 견실)　　　　　竪 세울 수(竪立 수립)

犬 개 견(猛犬 맹견)　　　　　　大 큰 대(大將 대장)

丈 어른 장(方丈 방장)　　　　太 클 태(太極 태극)

決 결단할 결(決定 결정)　　　快 쾌할 쾌(豪快 호쾌)
境 지경 경(境界 경계)　　　　意 뜻 의(謝意 사의)

頃 잠깐 경(頃刻 경각)　　　　頂 정수리 정(頂上 정상)
項 목덜미 항(項目 항목)

競 다툴 경(競爭 경쟁)　　　　兢 삼갈 긍(兢戒 긍계)

更 고칠 경(變更 변경)　　　　吏 벼슬아치 리(吏房 이방)
曳 끌 예(曳引 예인)

戒 경계할 계(警戒 경계)　　　戎 병기 융(戎車 융거)

階 섬돌 계(階段 계단)　　　　陛 섬돌 폐(陛下 폐하)
陸 뭍 륙(陸地 육지)

計 셈할 계(計算 계산)　　　　訃 부음 부(訃音 부음)

季 철 계(季節 계절)　　　　　李 오얏 리(行李 행리)
秀 빼어날 수(優秀 우수)

孤 외로울 고(孤獨 고독)　　　狐 여우 호(白狐 백호)

苦 괴로울 고(苦難 고난)　　　若 만약 약(萬若 만약)

困 곤할 곤(疲困 피곤)　　　　囚 가둘 수(囚人 수인)
因 인할 일(因緣 인연)

汨 빠질 골(汨沒 골몰)　　　　泊 쉴 박(宿泊 숙박)

攻 칠 공(攻擊 공격)　　切 끊을 절(切斷 절단)
巧 공교로울 교(技巧 기교)
瓜 오이 과(木瓜 모과)　　爪 손톱 조(爪牙 조아)

寡 적을 과(寡婦 과부)　　裏 속 리(表裏 표리)
囊 주머니 낭(行囊 행낭)

科 과정 과(科目 과목)　　料 헤아릴 료(料量 요량)

壞 무너질 괴(破壞 파괴)　　懷 품을 회(懷古 회고)
壤 흙 양(土壤 토양)

拘 잡을 구(拘束 구속)　　狗 개 구(黃狗 황구)
抱 안을 포(抱擁 포옹)

勸 권할 권(勸善 권선)　　權 권세 권(權利 권리)

貴 귀할 귀(富貴 부귀)　　責 꾸짖을 책(責望 책망)

鬼 귀신 귀(鬼神 귀신)　　蒐 모을 수(蒐集 수집)

斤 근 근(斤量 근량)　　斥 물리칠 척(排斥 배척)

汲 물길을 급(汲水 급수)　　吸 마실 흡(呼吸 호흡)

給 공급할 급(給與 급여)　　絡 두를 락(連絡 연락)
終 마칠 종(終禮 종례)

肯 즐길 긍(肯定 긍정)　　背 등 배(背信 배신)

棄 버릴 기(棄兒 기아)　　葉 잎 엽(落葉 낙엽)

己 몸 기(自己 자기)　　　已 이미 이(已往 이왕)
巳 뱀 사(己巳 기사)

技 재주 기(技藝 기예)　　　岐 갈림길 기(岐路 기로)
妓 기생 기(妓女 기녀)　　　枝 가지 지(枝葉 지엽)

那 어찌 나(那何 나하)　　　邦 나라 방(友邦 우방)

難 어려울 난(困難 곤란)　　離 떠날 리(離別 이별)

納 들일 납(納入 납입)　　　紛 어지러울 분(紛爭 분쟁)

奴 종 노(奴隷 노예)　　　　如 같을 여(如此 여차)

腦 뇌 뇌(腦裏 뇌리)　　　　胸 가슴 흉(胸襟 흉금)

旦 일찍 단(元旦 원단)　　　且 또 차(且置 차치)
亘 뻗칠 긍

短 짧을 단(短劍 단검)　　　矩 법 구(規矩 규구)

端 단정할 단(端正 단정)　　瑞 상서로울 서(瑞光 서광)

代 대신할 대(代用 대용)　　伐 칠 벌(討伐 토벌)

戴 일 대(負戴 부대)　　　　載 실을 재(積載 적재)
栽 심을 재(栽培 재배)　　　裁 마를 재(裁斷 재단)

待 기다릴 대(期待 기대)　　侍 모실 시(侍女 시녀)

貸 빌릴 대(貸與 대여)　　　賃 품삯 임(賃金 임금)

貨 재화 화(財貨 재화)
都 도읍 도(首都 수도)　　部 나눌 부(部分 부분)

蹈 밟을 도(舞蹈 무도)　　踏 밟을 답(踏襲 답습)

徒 걸어다닐 도(徒步 도보)　　徙 옮길 사(移徙 이사)

刀 칼 도(短刀 단도)　　力 힘 력(强力 강력)
刃 칼날 인(刃傷 인상)

桃 복숭아 도(桃花 도화)　　挑 끌어낼 도(挑戰 도전)
跳 뛸 도(跳躍 도약)

卵 알 란(鷄卵 계란)　　卯 토끼 묘(卯時 묘시)

剌 고기뛰는소리 랄(潑剌 발랄)　　刺 찌를 자(刺戟 자극)

兩 둘 량(一擧兩得 일거양득)　　雨 비 우(降雨 강우)

慮 생각할 려(考慮 고려)　　虜 사로잡힐 로(捕虜 포로)
膚 살갗 부(皮膚 피부)　　盧 밥그릇 로

歷 지낼 력(歷史 역사)　　曆 책력 력(陰曆 음력)

憐 가련할 련(憐憫 연민)　　隣 이웃 린(隣近 인근)

輪 바퀴 륜(輪廻 윤회)　　輸 실어낼 수(輸出 수출)

栗 밤 률(生栗 생률)　　粟 조 속(滄海一粟 창해일속)
慄 두려워할 률(戰慄 전율)

領 거느릴 령(首領 수령)　　頒 나눌 반(頒布 반포)
頌 칭송할 송(頌歌 송가)
理 다스릴 리(倫理 윤리)　　埋 묻을 매(埋葬 매장)
魔 마귀 마(惡魔 악마)　　　摩 갈 마(按摩 안마)
麾 대장기 휘(麾下 휘하)

漠 사막 막(沙漠 사막)　　　模 법 모(模範 모범)

幕 장막 막(天幕 천막)　　　墓 무덤 묘(墓地 묘지)
暮 저물 모(日暮 일모)　　　募 모을 모(募集 모집)
慕 사모할 모(思慕 사모)

末 끝 말(末路 말로)　　　　未 아닐 미(未來 미래)

昧 어두울 매(三昧 삼매)　　味 맛 미(味覺 미각)

寐 잠잘 매(寤寐不忘 오매불망)　寢 잠잘 침(寢臺 침대)

脈 줄기 맥(山脈 산맥)　　　派 갈래 파(分派 분파)
波 물결 파(波濤 파도)

眠 쉴 면(睡眠 수면)　　　　眼 눈 안(眼目 안목)

免 면할 면(免除 면제)　　　兎 토끼 토(兎皮 토피)

鳴 울 명(悲鳴 비명)　　　　嗚 탄식할 오(嗚咽 오열)

明 밝을 명(明暗 명암)　　　朋 벗 붕(朋友 붕우)
崩 무너질 붕(崩御 붕어)

侮 업신여길 모(侮辱 모욕)　悔 뉘우칠 회(後悔 후회)

母 어미 모(母情 모정)　　　毋 말 무
貫 꿸 관(一貫 일관)
牡 수컷 모(牡丹 모란)　　　牧 기를 목(牧場 목장)
收 거둘 수(收集 수집)

沐 목욕할 목(沐浴 목욕)　　休 쉴 휴(休息 휴식)
体 몸 체(身体 신체)

戊 다섯째천간 무(戊時 무시)　戍 수자리 수(戍樓 수루)
戌 개 술(甲戌年 갑술년)

貿 무역할 무(貿易 무역)　　　賀 하례할 하(祝賀 축하)

微 작을 미(微笑 미소)　　　　徵 부를 징(徵集 징집)

拍 칠 박(拍手 박수)　　　　　泊 배댈 박(民泊 민박)
柏 잣나무 백(冬柏 동백)

薄 엷을 박(薄明 박명)　　　　簿 장부 부(帳簿 장부)

博 넓을 박(博士 박사)　　　　傅 스승 부(師傅 사부)
傳 전할 전(傳受 전수)

迫 핍박할 박(逼迫 핍박)　　　追 쫓을 추(追憶 추억)

飯 밥 반(白飯 백반)　　　　　飮 마실 음(飮料 음료)

般 일반 반(全般 전반)　　　　船 배 선(商船 상선)

倣 본뜰 방(模倣 모방)　　　　做 지을 주(看做 간주)

防 막을 방(防禦 방어)　　　妨 방해할 방(妨害 방해)
坊 동네 방(坊坊曲曲 방방곡곡)　訪 찾을 방(訪問 방문)
培 북돋을 배(栽培 재배)　　　倍 곱 배(倍加 배가)

番 차례 번(番地 번지)　　　審 살필 심(審査 심사)

罰 벌줄 벌(罰金 벌금)　　　罪 죄 죄(犯罪 범죄)

壁 벽 벽(土壁 토벽)　　　璧 옥 벽(完璧 완벽)

變 변할 변(變化 변화)　　　燮 화할 섭(燮理 섭리)

辨 분별할 변(辨明 변명)　　　辯 말잘할 변(辯護 변호)
辦 힘쓸 판(辦公費 판공비)

普 넓을 보(普通 보통)　　　晋 나라 진(晋州 진주)

奉 받들 봉(奉養 봉양)　　　泰 클 태(泰山 태산)
奏 아뢸 주(演奏 연주)　　　秦 나라이름 진(秦始皇 진시황)

奮 떨칠 분(興奮 흥분)　　　奪 빼앗을 탈(奪取 탈취)

氷 얼음 빙(解氷 해빙)　　　永 길 영(永久 영구)

士 선비 사(紳士 신사)　　　土 흙 토(土地 토지)

使 부릴 사(使用 사용)　　　便 편할 편(簡便 간편)

思 생각할 사(思想 사상)　　　恩 은혜 은(恩惠 은혜)

社 모일 사(會社 회사)　　　祀 제사 사(祭祀 제사)

仕 벼슬 사(奉仕 봉사)　　　　任 맡길 임(任務 임무)
師 스승 사(恩師 은사)　　　　帥 장수 수(將帥 장수)

捨 버릴 사(取捨 취사)　　　　拾 주을 습(拾得 습득)

査 조사할 사(調査 조사)　　　杳 아득할 묘(杳然 묘연)

唆 부추길 사(示唆 시사)　　　悛 고칠 전(改悛 개전)

撒 뿌릴 살(撒布 살포)　　　　徹 뚫을 철(貫徹 관철)

象 코끼리 상(象牙 상아)　　　衆 무리 중(衆生 중생)

塞 변방 새(要塞 요새)　　　　寒 찰 한(寒食 한식)

牲 희생 생(犧牲 희생)　　　　姓 성씨 성(姓氏 성씨)
性 성품 성(性稟 성품)

恕 용서할 서(容恕 용서)　　　怒 성낼 노(怒氣 노기)

書 글 서(書店 서점)　　　　　晝 낮 주(晝夜 주야)
畵 그림 화(畵家 화가)

暑 더울 서(處暑 처서)　　　　署 관청 서(警察署 경찰서)

棲 살 서(棲息 서식)　　　　　捷 이길 첩(大捷 대첩)

晳 밝을 석(明晳 명석)　　　　哲 밝을 철(哲學 철학)

析 쪼갤 석(分析 분석)　　　　折 꺾을 절(折枝 절지)

惜 아낄 석(惜別 석별)　　　　借 빌 차(借用 차용)
宣 베풀 선(宣傳 선전)　　　　宜 마땅할 의(便宜 편의)

旋 돌 선(旋律 선율)　　　　　施 베풀 시(實施 실시)

雪 눈 설(殘雪 잔설)　　　　　雲 구름 운(雲霧 운무)

涉 건널 섭(涉獵 섭렵)　　　　陟 오를 척(進陟 진척)

俗 속될 속(俗世 속세)　　　　裕 넉넉할 유(餘裕 여유)

損 덜 손(缺損 결손)　　　　　捐 기부 연(義捐金 의연금)

送 보낼 송(放送 방송)　　　　迭 바꿀 질(更迭 경질)

衰 쇠할 쇠(衰退 쇠퇴)　　　　衷 마음 충(衷心 충심)
哀 슬플 애(哀惜 애석)　　　　表 겉 표(表現 표현)

授 줄 수(授受 수수)　　　　　援 구원할 원(救援 구원)

粹 순수할 수(精粹 정수)　　　碎 부술 쇄(粉碎 분쇄)

遂 이룰 수(完遂 완수)　　　　逐 쫓을 축(驅逐 구축)

須 반드시 수(必須 필수)　　　順 순할 순(順從 순종)

熟 익을 숙(熟達 숙달)　　　　熱 더울 열(熱氣 열기)
塾 글방 숙

膝 무릎 슬(膝下 슬하)　　　　勝 이길 승(勝利 승리)
滕＝騰 오를 등(騰落 등락)

識 알 식(識見 식견) 　　　　織 짤 직(織物 직물)
職 맡을 직(職位 직위)

伸 펼 신(伸張 신장) 　　　　仲 버금 중(仲秋節 중추절)

失 잃을 실(失敗 실패) 　　　　矢 화살 시(嚆矢 효시)
夭 일찍죽을 요(夭折 요절)

深 깊을 심(夜深 야심) 　　　　探 더듬을 탐(探究 탐구)

雅 우아할 아(優雅 우아) 　　　　稚 어릴 치(幼稚 유치)

仰 우러를 앙(信仰 신앙) 　　　　抑 누를 억(抑制 억제)

謁 아뢸 알(謁見 알현) 　　　　揭 들 게(揭示 게시)
渴 목마를 갈(渴症 갈증)

冶 쇠불릴 야(陶冶 도야) 　　　　治 다스릴 치(政治 정치)

揚 날릴 양(揚名 양명) 　　　　楊 버들 양
陽 볕 양(陽地 양지)

厄 재앙 액(厄運 액운) 　　　　危 위태할 위(危險 위험)

與 줄 여(授與 수여) 　　　　興 일어날 흥(興亡 흥망)
輿 수레 여(藍輿 남여)

延 끌 연(延期 연기) 　　　　廷 조정 정(朝廷 조정)

緣 인연 연(因緣 인연) 　　　　綠 초록빛 록(草綠 초록)

沿 좇을 연(沿革 연혁)　治 다스릴 치(政治 정치)

鹽 소금 염(鹽田 염전)　監 볼 감(監督 감독)

營 경영할 영(經營 경영)　螢 반딧불 형(螢光 형광)
榮 영화 영(榮華 영화)　勞 수고로울 로(勞力 노력)

譽 명예 예(名譽 명예)　擧 들 거(擧事 거사)

汚 더러울 오(汚染 오염)　汗 땀 한(汗蒸 한증)

玉 구슬 옥(珠玉 주옥)　王 임금 왕(帝王 제왕)
壬 북방 임(壬辰 임진)

浴 목욕할 욕(浴室 욕실)　沿 좇을 연(沿革 연혁)

瓦 기와 와(瓦解 와해)　互 서로 호(相互 상호)

宇 집 우(宇宙 우주)　字 글자 자(文字 문자)

熊 곰 웅(熊膽 웅담)　態 태도 태(世態 태도)

園 동산 원(庭園 정원)　圍 주위 위(周圍 주위)

惟 생각할 유(思惟 사유)　推 밀 추(推進 추진)

遺 남길 유(遺物 유물)　遣 보낼 견(派遣 파견)

幼 어릴 유(幼兒 유아)　幻 허깨비 환(幻想 환상)

威 위엄 위(威力 위력)　咸 다 함(咸集 함집)

凝 엉길 응(凝結 응결)　　　　疑 의심할 의(疑心 의심)

剩 남을 잉(剩餘 잉여)　　　　乘 탈 승(乘車 승차)

子 아들 자(子孫 자손)　　　　孑 외로울 혈(孑孑 혈혈)
姿 모양 자(姿態 자태)　　　　恣 방자할 자(放恣 방자)

暫 잠시 잠(暫時 잠시)　　　　漸 점점 점(漸次 점차)
慙 부끄러울 참(無慙 무참)

杖 지팡이 장(短杖 단장)　　　　枚 낱 매(枚擧 매거)

裝 꾸밀 장(裝飾 장식)　　　　獎 칭찬할 장(獎勵 장려)

齋 방 재(書齋 서재)　　　　齊 같을 제(一齊 일제)

籍 서적 적(戶籍 호적)　　　　藉 빙자할 자(憑藉 빙자)

亭 정자 정(亭子 정자)　　　　享 누릴 향(享樂 향락)
亨 형통할 형(亨通 형통)

睛 눈동자 정(眼睛 안정)　　　　晴 갤 청(晴天 청천)
淸 맑을 청(淸潔 청결)　　　　請 청할 청(請求 청구)

帝 임금 제(帝王 제왕)　　　　常 항상 상(常識 상식)

提 끌 제(提示 제시)　　　　堤 둑 제(堤防 제방)

早 일찍 조(早起 조기)　　　　旱 가물 한(寒害 한해)

潮 조수 조(潮流 조류)　　　　湖 호수 호(湖畔 호반)

兆 조짐 조(前兆 전조)

照 비출 조(照明 조명)

措 둘 조(措處 조처)

燥 마를 조(乾燥 건조)
躁 성급할 조(躁急 조급)

佐 도울 좌(補佐 보좌)

尊 높을 존(尊敬 존경)

汁 진액 즙(果實汁 과실즙)

差 어긋날 차(差異 차이)
羞 부끄러워할 수(羞恥 수치)

捉 잡을 착(捕捉 포착)

責 꾸짖을 책(責望 책망)

追 따를 추(追究 추구)

推 밀 추(推薦 추천)
椎 몽둥이 추(脊椎 척추)

蓄 쌓을 축(貯蓄 저축)

充 가득할 충(充滿 충만)

北 북녘 북(北極 북극)

熙 빛날 희(熙笑 희소)

借 빌 차(借款 차관)

操 잡을 조(操心 조심)

佑 도울 우(天佑 천우)

奠 드릴 전(釋奠 석전)

什 열사람 십(什長 십장)

着 붙을 착(倒着 도착)

促 재촉할 촉(督促 독촉)

靑 푸를 청(靑史 청사)

退 물러갈 퇴(退進 퇴진)

堆 쌓을 퇴(堆肥 퇴비)

畜 기를 축(家畜 가축)

允 허락할 윤(允許 윤허)

衝 부딪칠 충(衝突 충돌)　　　衡 저울 형(均衡 균형)

萃 모을 췌(拔萃 발췌)　　　卒 군사 졸(卒兵 졸병)

飭 삼갈 칙(勤飭 근칙)　　　飾 꾸밀 식(裝飾 장식)

側 곁 측(側近 측근)　　　測 헤아릴 측(測量 측량)
惻 슬퍼할 측(惻隱 측은)

浸 적실 침(浸透 침투)　　　沈 빠질 침(沈默 침묵)
沒 빠질 몰(沒入 몰입)

坦 평평할 탄(平坦 평탄)　　　但 다만 단(但只 단지)

耽 즐길 탐(耽溺 탐닉)　　　眈 노려볼 탐(虎視眈眈 호시탐탐)

湯 끓일 탕(湯藥 탕약)　　　渴 목마를 갈(渴症 갈증)

弊 폐단 폐(弊端 폐단)　　　幣 비단 폐(幣帛 폐백)
蔽 가릴 폐(隱蔽 은폐)

爆 터질 폭(爆發 폭발)　　　瀑 폭포 폭(瀑布 폭포)

恨 한탄할 한(怨恨 원한)　　　限 한정할 한(限界 한계)

合 합할 합(合席 합석)　　　舍 집 사(舍監 사감)
含 머금을 함(含量 함량)

肛 똥구멍 항(肛門 항문)　　　肝 간 간(肝腸 간장)

幸 다행 행(幸福 행복)　　　辛 매울 신(辛辣 신랄)

護 보호할 호(保護 보호) 　　　穫 거둘 확(收穫 수확)
獲 얻을 획(獲得 획득)

會 모을 회(會談 회담) 　　　曾 일찍 증(未曾有 미증유)

吸 마실 흡(呼吸 호흡) 　　　吹 불 취(鼓吹 고취)
次 버금 차(次席 차석)

悔 뉘우칠 회(悔改 회개) 　　　梅 매화나무 매(梅花 매화)

17. 略字, 俗字, 簡體字

○ 略字·俗字 일람표

구분	정자	약/속자	정자	약/속자	정자	약/속자	정자	약/속자	정자	약/속자
	假(가)	仮	價(가)	価	鑑(감)	鑒	岡(강)	崗	強(강)	强
	거짓, 빌리다		값, 가치		거울, 본보기		산등성이, 언덕		강하다, 억지로	
	個(개)	箇	蓋(개)	盖	擧(거)	挙	據(거)	拠	檢(검)	検
	낱개, [단위]		덮다, 뚜껑		들다, 움직이다		의거하다		검사하다	
	劍(검)	剣	儉(검)	倹	傑(걸)	杰	輕(경)	軽	經(경)	経
	칼[= 劒]		검소하다		뛰어나다		가볍다		지나다, 경전	
ㄱ	徑(경)	径	繼(계)	継	關(관)	関	觀(관)	観	廣(광)	広
	지름길		잇다, 계속하다		빗장, 기관		보다		넓다	
	鑛(광)	鉱	敎(교)	教	區(구)	区	舊(구)	旧	驅(구)	駆
	광물		가르치다		지경, 구역		옛		몰다	
	龜(귀, 구)	亀	國(국)	国	權(권)	権	勸(권)	勧	氣(기)	気
	거북/(균)터지다		나라		권세, 권력		돕다		기운	
	單(단)	単	團(단)	団	擔(담)	担	斷(단)	断	當(당)	当
	홑		둥글다, 모이다		맡다		자르다		마땅하다	
ㄷ	黨(당)	党	對(대)	対	圖(도)	図	讀(독)	読	獨(독)	独
	무리		상대하다		그림		읽다		홀로	
	燈(등)	灯								
	등불									

구분	정자	약/속자	정자	약/속자	정자	약/속자	정자	약/속자	정자	약/속자
ㄹ	亂(란)	乱	覽(람)	覧	來(래)	来	兩(량)	両	勵(려)	励
	어지럽다		보다		오다		둘, 짝		힘쓰다, 권장	
	歷(력)	歴	練(련)	练	戀(연)	恋	獵(렵)	猟	禮(례)	礼
	지나다, 역사		익히다		사모하다		사냥하다		예도	
	勞(로)	労	賴(뢰)	頼	龍(룡)	竜	樓(루)	楼		
	힘쓰다		의지하다		용		다락, 누각			
ㅁ	萬(만)	万	滿(만)	満	賣(매)	売	彌(미)	弥		
	일만		가득차다		팔다		두루, 널리			
ㅂ	發(발)	発	裴(배)	裴	杯(배)	盃	柏(백)	栢	變(변)	変
	피다, 나가다		옷느러지다		잔		잣나무		변하다	
	幷(병)	并	竝(병)	並						
	아우르다,함께		나란히하다							
ㅅ	辭(사)	辞	寫(사)	写	狀(상)	状	敍(서)	叙	釋(석)	釈
	말, 글		베끼다		모양 /(장)문서		차례, 순서		놓다, 풀다	
	聲(성)	声	屬(속)	属	數(수)	数	壽(수)	寿	肅(숙)	粛
	소리		속하다, 족속		수, 헤아리다		목숨, 장수		엄숙하다	
	濕(습)	湿	乘(승)	乗	實(실)	実	雙(쌍)	双		
	축축하다,습기		타다, 오르다		열매, 실제		둘, 쌍둥이			
ㅇ	兒(아)	児	亞(아)	亜	樂(악)	楽	巖(암)	岩	壓(압)	圧
	아이		버금, 다음		음악/(락)즐겁다		바위, 험하다		누르다	
	藥(약)	薬	讓(양)	譲	嚴(엄)	厳	餘(여)	余	與(여)	与
	약		양보하다		엄하다		남다		주다, 더불다	
	譯(역)	訳	榮(영)	栄	營(영)	営	譽(예)	誉	藝(예)	芸
	번역하다		영화롭다		경영하다		칭찬하다		제주, 기술	
	爲(위)	為	應(응)	応	醫(의)	医	貳(둘)	弐		
	하다, 되다		응하다		의원,치료하다		둘			
ㅈ	姊(자)	姉	殘(잔)	残	潛(잠)	潜	雜(잡)	雑	將(장)	将
	누이		해치다, 남다		잠기다		잡되다		장수, 장차	
	莊(장)	荘	傳(전)	伝	轉(전)	転	錢(전)	銭	戰(전)	戦
	장원		전하다		구르다, 전환		돈		싸우다	
	點(점)	点	靜(정)	静	濟(제)	済	齊(제)	斉	條(조)	条
	점, 점찍다		고요하다		구제하다		가지런하다		조목	
	從(종)	従	鑄(주)	鋳	憎(증)	憎	增(증)	増	證(증)	証
	따르다		주조하다		미워하다		늘다, 더하다		증거,증명하다	
	眞(진)	真	盡(진)	尽	晉(진)	晋				
	참, 진		다하다		나아가다					

구분	정자	약/속자	정자	약/속자	정자	약/속자	정자	약/속자	정자	약/속자
ㅊ	贊(찬)	贊	讚(찬)	讚	參(참)	参	處(처)	処	賤(천)	賎
	돕다		기리다, 칭찬		참여하다		처하다, 곳		천하다	
	踐(천)	践	鐵(철)	鉄	廳(청)	庁	聽(청)	聴	體(체)	体
	밟다		쇠		대청, 관청		듣다		몸	
	遞(체)	逓	觸(촉)	触	總(총)	総	樞(추)	枢	蟲(충)	虫
	갈마들다		닿다,부딪치다		거느리다,모두		지도리, 중추		벌레	
	沖(충)	冲	醉(취)	酔	齒(치)	歯	稱(칭)	称		
	비다, 가운데		취하다		이, 나이		저울, 칭하다			
ㅌ	澤(택)	沢	擇(택)	択						
	연못,윤택하다		가리다, 고르다							
ㅍ	廢(폐)	廃	豐(풍)	豊						
	폐하다		풍년들다							
ㅎ	學(학)	学	獻(헌)	献	驗(험)	験	險(험)	険	顯(현)	顕
	배우다		드리다, 바치다		경험하다		험하다		나타나다	
	縣(현)	県	螢(형)	蛍	黑(흑)	黒	號(호)	号	畫(화)	画
	매달다		반딧불이		검다		부르다, 번호		그림	
	擴(확)	拡	歡(환)	歓	勳(훈)	勛	會(회)	会	懷(회)	懐
	넓히다		기뻐하다		공적		모이다		품다,회상하다	
	繪(회)	絵	戲(희)	戯						
	그림, 그리다		놀다, 놀이							

＊ 簡字體

張【张】	來【来】	閏【闰】	餘【余, 馀】
歲【岁】	調【调】	陽【阳】	雲【云】
結【结】	爲【为】	麗【丽】	岡【冈】
劍【剑】	號【号】	闕【阙】	稱【称】
龍【龙】	師【师】	鳥【鸟】	讓【让】
國【国】	發【发】	湯【汤】	問【问】
愛【爱】	張【张】	來【来】	閏【闰】
餘【余, 馀】	歲【岁】	調【调】	陽【阳】
雲【云】	結【结】	爲【为】	麗【丽】

岡 【冈】	劍 【剑】	號 【号】	闕 【阙】
稱 【称】	龍 【龙】	師 【师】	鳥 【鸟】
讓 【让】	國 【国】	發 【发】	湯 【汤】
問 【问】	愛 【爱】		

＊ 먹을 것 & 마실 것 & 과일

菜: 요리	菜單, 菜譜: 메뉴	米飯: 밥
炒飯: 볶음밥	拌飯: 비빔밥	烤肉: 불고기
泡菜: 김치	排骨: 갈비	里脊: 등심
鷄蛋: 계란	蝦: 새우	猪肉: 돼지고기
素食: 채식	漢堡包: 햄버거	三明治: 샌드위치
火腿: 햄	香腸: 소시지	熱狗: 핫도그
方便面: 라면	面條: 국수	牛奶: 우유
咖啡: 커피	汽水: 사이다	可樂: 콜라
可可: 코코아	啤酒: 맥주	威士忌: 위스키
鑛泉水: 광천수	果汁: 쥬스	面包: 빵
橙子: 오렌지	苹果: 사과	梨: 배
檸檬: 레몬	煙: 담배	維生素: 비타민

＊ 직업

老師: 선생님	醫生: 의사	護士: 간호사
公安: 경찰	工程師: 기술자	售貨員: 판매원
服務員: 종업원	司機: 운전기사	律師: 변호사

＊ 운동

高爾夫球(＜－高爾夫): 골프

| 保齡球: 볼링 | 足毬: 축구 | 籃毬: 농구 |
| 網毬: 테니스 | 滑雪: 스키 | 棒球: 야구 |

＊ 공항에서

單程: 편도　　　　　　　　往返: 왕복

機場: 공항　　　　　　　飛機: 비행기
機票: 항공권　　　　　　入境卡: 입국카드
出境卡: 출국카드　　　　登機牌: 탑승권
護照: 여권　　　　　　　航班: 편명
國際線: 국제선　　　　　頭等艙: 일등석
經濟艙: 이코노미 석　　　簽證: 비자
海關: 세관　　　　　　　行李: 짐
座位號碼: 좌석번호　　　安全帶: 안전벨트
緊急出口: 비상구　　　　救生衣: 구명조끼
淸潔袋: 위생봉지　　　　聯絡地址: 연락처
機場大樓: 공항터미날　　護照檢查: 여권검사
機場管理建設費(機場稅): 공항세

* 호텔에서

飯店, 酒店: 호텔　　　　電梯: 엘리베이터
單人房間: 싱글 룸　　　　雙人房間: 트윈 룸
洗澡間: 욕실　　　　　　桑拏: 사우나
牙膏: 치약　　　　　　　牙刷: 칫솔
毛巾: 타월　　　　　　　洗髮精(洗髮水): 샴푸
香皂: 비누　　　　　　　服務費: 봉사료
廁所, 洗手間, 衛生間: 화장실
收銀臺, 收款臺, (＜－收銀處): 계산대
免費: 무료　　　　　　　簽名: 서명
地址: 주소　　　　　　　名字: 이름

* 장소

餐廳: 음식점　　　西餐廳: 양식당　　　酒吧: 술집
洗衣店: 세탁소　　　電影院: 영화관　　　研究所: 대학원
學院: 단과대학　　　補習班: 학원　　　超級市場: 슈퍼마켓
加油站: 주유소　　　鞋店: 구두 가게　　大樓, 大廈: 빌딩
公寓: 아파트　　　　人行橫道: 횡단보도　網吧: pc 방

宿舍: 기숙사　　　　　郵局: 우체국

＊ 은행에서

匯價: 환율　　　　　　外幣: 외화　　　　　　旅行支票: 여행자 수표
美元: 달러　　　　　　韓幣: 한국 돈　　　　　人民幣: 중국 돈
日元: 일본 돈　　　　　信用卡: 신용 카드

＊ 기계

電腦: 컴퓨터　　　　　電視: 텔레비전　　　　　復印機: 복사기
收音機: 라디오　　　　硬件: 하드웨어　　　　　軟件: 소프트웨어
手機: 핸드폰　　　　　筆記本電腦: 노트북　　　打印機: 프린터

＊ 무역

經理: 매니저, 지배인　總經理: 사장, 총지배인　公司: 회사
合同書: 계약서　　　　進口: 수입(하다)　　　出口: 수출(하다)
批發: 도매　　　　　　零售: 소매　　　　　　股份: 주식
股份有限公司: 주식회사

＊ 교통수단

公共汽車, 公車: 버스　出租汽車, 的士: 택시　火車: 열차
自行車: 자전거　　　　摩託車: 오토바이　　　地鐵: 지하철
汽車: 자동차

＊ 기타

小心: 조심　　　　　　東西: 물건　　　　　　首爾: 서울
報紙: 신문　　　　　　信息: 정보, 소식　　　　名片: 명함
中心: 센터　　　　　　顔色: 빛깔　　　　　　手表: 손목시계
因特網: 인터넷　　　　電子郵件: 전자우편(이메일)
電子信箱: 전자메일함　主頁: 홈페이지　　　　網站: 사이트
郵票: 우표　　　　　　信封: 편지봉투　　　　專業: 전문, 전공
長途電話: 시외전화　　空調: 에어컨　　　　　駕駛証: 운전면허증

＊ 사용빈도가 낮은 표현

沙發: 소파   迪斯科: 디스코   卡片: 카드
皮帶: 혁대   領帶: 넥타이   丈夫: 남편
老婆: 아내   太陽眼鏡: 선글라스   手套: 장갑
煤氣: 가스   明星: 스타   模特兒: 모델

＊ 회사

總公司: 본사   分公司: 지사   營業部: 영업부
人事部: 인사부   人力資源部: 인적자원부
總務部: 총무부   財務部: 재무부   銷售部: 판매부
促銷部: 판촉부   國際部: 국제부   出口部: 수출부
進口部: 수입부   廣告部: 광고부   企劃部: 기획부
産品開發部: 상품개발부
研發部: 연구개발부   秘書室: 비서실

원주용

▍약 력

성균관대학교 한문학과 박사과정 졸업 (문학박사)
안동대학교, 한림대학교 강사
(현) 성균관대학교, 원광대학교, 양원주부학교 강사
　　성균관대학교 동아시아지역연구소 연구교수

▍주요논문 및 저서
「牧隱 李穡의 碑誌文에 관한 고찰」
「陶隱 散文의 문예적 특징」
「鄭道傳 散文에 관한 일고찰」
『한국 한문학의 이론, 산문』(공저)
『목은 이색 산문 연구』
『고려시대 산문읽기』
『동양의 지혜 그리고 현대인의 삶』
『조선시대 산문읽기』
『천자문 쉽게 알기』

외 다수

漢字·漢文 指導書

한문 공부 길잡이

초판발행　2009년 7월 31일
초판 3쇄　2019년 1월 11일

지은이　원주용
펴낸이　채종준

펴낸곳　한국학술정보(주)
주소　경기도 파주시 회동길 230 (문발동)
전화　031 908 3181(대표)
팩스　031 908 3189
홈페이지　http://ebook.kstudy.com
E-mail　출판사업부 publish@kstudy.com
등록　제일산-115호(2000. 6. 19)

ISBN　978-89-268-0175-8 13810 (Paper Book)　22,000원
　　　　978-89-268-0176-5 18810 (e-Book)